創作的星圖

國民散文手藝課

石曉楓　編著

目次 Contents

在「我們」的時代裡：共時性題材的表現

文字如何棲身於容器：體類的發想

你有歸路，我仍在旅途：風格的呈顯

主編序
創作的手藝，生活的實感

石曉楓

在學院裡教授「現代散文」多年，始終苦於缺乏合適的教材，坊間關於現代散文的讀本儘管品類繁多，但不盡符合個人從「創作」角度循序發想的課程理念。偶然間與友人交流，他表示非常希望了解我對散文教學的規畫與想法，於是而有了這部面向大眾的讀本誕生。

讀本從「創作」的進程與概念出發，開宗明義思考為何創作、如何創作，亦即「寫作動機」與「散文本質」的問題。我希望所有的問題討論、創作心法都能從實際文本出發，因此規畫每回討論二至三篇散文，王安憶的〈思路〉、劉叔慧的〈懷石〉，我取以為激盪讀者思考進入散文創作課堂的理由；王安憶〈綠色的葉子〉、朱天文〈來自遠方的眼光〉則希望討論散文虛實的本質問題及目光安放或關注之所在。而作為創作課的開端，選取由小說家之文入手，亦可以發現不同於散文創作者的觀察角度與寫法，作家「身分」與文本中的「眼光」討論，因此可以內外互濟，形成有趣的思考對照與另類詮釋。

在觀念的廓清之後，我所設計的討論軸線，便依序區別為「題材發想」、「體類開發」及

「風格呈顯」三個大單元。在「題材發想」部分，我想指出的是愛情、親情、自我及旅遊等主題，相應於中國古典文學中的《詩經》、遊記、悼亡文等種種經典著作，屬於「歷時性」題材，經千百年猶能被書寫不歇。所謂「太陽底下無新鮮事」，這些主題在當代相異的生活情境與個人體會中，還可能有什麼樣的創發與獨特性展現？其次，台灣自一九八〇年代末解嚴以來，創作素材得到很大的釋放，小說部分的表現尤其明顯。但相對而言較為保守的散文界，並不見得便不受影響，因此在此單元中，我選取了同志散文、音樂散文、運動散文、飲食散文等「共時性」題材，見證邊緣族群與休閒化社會在一九八〇年代後之勃興。至於房慧真、楊富閔的作品，則示範了新世紀以降，網際網路籠罩於日常生活情境下，創作者所因應而生的思維轉變；言叔夏散文則另成一內向世代風景，亦可以展示「我們的時代」某種心之所向所趨。

「體類開發」單元，乃是針對晚清詩界革命、文界革命以來關於白話文主張的相關反省。隨著文類發展日趨成熟，所謂「我手寫我口」的寫作信條，顯然必須依隨時代變化，產生大幅度的觀念翻新與體類變革，「中間文類」正是因應而生的實驗手法。早期對於文類的觀念較為混淆，類詩類散文，或類小說類散文的創作，可能基於作者對文類的認識混淆不清所致。然而當代創作者則是有意識地汲取現代詩中的意象、節奏等詩質，小說、戲劇、寓言中的情節及對話等要素，進行散文內部體制與規約的活化。我分別以早期的李廣田及當代的楊牧作品，作為中間文類討論之範本依據。此外，原始性日記與書信，如何去蕪存菁，轉化為「日記體散文」、「書信體散文」體裁而為作者所活用，此部分我則以簡媜、楊佳嫻的作品為例。至於阿盛特殊的筆記體形式、文白混融創作手法，西西看圖說話的慧心巧思，亦足以開展出散文創作體類的新視野。

最後在「風格呈顯」單元，我希望回到五四時期周作人、林語堂、徐志摩、豐子愷等所樹立的典範，討論廣義定義下的散文所呈顯的知性與感性特質。其中周作人所成就的「學者散文」代有傳人，例如香港有董橋繼之，台灣的胡晴舫、張惠菁等女性創作者則尤擅勝場。林語堂的「幽默散文」，自吳魯芹以來亦別立一傳承脈絡，發展到黃國峻的黑色幽默手法，其間對於幽默的定義與展示有何細微的區辨？至於在感性的抒懷部分，如徐志摩、何其芳等詩人手筆固然華麗豐贍、美不勝收；豐子愷、夏丏尊等人的作品以平淡入文，情懷亦綿長動人，琦君、林文月便鍾情於此，並傳承得其淡雅路數。本單元名之為「你有歸路，我仍在旅途」乃借用簡媜文字，所期許者無非希望經過閱讀與手藝鍛鍊，讀者可以甄別風格之傾向，各自取法於前輩，日久或也能在創作旅途中，成就獨特的自我風格。

散文易寫而難工，創作心法則尤屬虛妄，在多年的教學經驗裡，我深知具有文學稟賦者，自有其不可拘限之才氣，他不被各種規則所綁縛。在這部選集裡，我不自量力地提出所謂「散文手藝」的進程，無非是希望提供入門者關於創作前提、素材開發、手法創新以及風格樹立等相關思考。讀者當然不可能由此門徑直達優秀的創作者之列，但我深切期望在日常生活裡，每個人都能培養出辨識秀異作品的鑑賞眼光。更進一步來說，誠如朱天文所謂「再怎麼寫，也寫不過生活的本身」，創作教學的最終目的，其實更在於反省生活，因此當我們談論創作時，我們其實是在談論生活：我在日常中發現了什麼？寫作是生活之必要與必然嗎？唯有深切體驗生活的實感，才可能進一步發展散文手藝，並常保新鮮活潑的觀物眼光。

二〇二二年九月二十八日於台北

如果在夜裡，一個文字手藝人——

為何寫作？如何寫作？

思路、綠色的葉子

王安憶

〈思路〉

小時候，我很寂寞。爸爸在南京尚未調回上海，姊姊上學，阿姨在廚房燒飯，媽媽呢，則在小房間裡，把門關得很嚴，不知道在幹什麼。我覺得這樣無視我的存在，完全是不應該的。當我玩膩了一切玩具以後，便敲起小房間的門，要求進去。必須使勁地敲，門才會打開，因為媽媽耳朵裡塞著兩團棉花，輕了聽不見。開了門，媽媽厲聲問道：

「你要幹什麼？」

「我，我要，」我自己也說不上來究竟是要什麼，「我要一粒糖，或者一塊餅乾。」

媽媽惱火地說：「你把我的思路打斷了。」

我噘著嘴，心裡是一樣的惱火，思路算什麼？難道比我的寂寞還重要！

「我的思路，斷了！你知道嗎？好，我給你三粒糖，時針走到這裡，吃第一粒；走到這裡，吃第二粒……不許再敲門了。」

我不知道這思路是什麼，竟然需要插上門，用棉花堵起耳朵，需要把我都犧牲掉來保護它，我自以為自己對於媽媽是極重要的。我心裡是又生氣又委屈又莫名其妙！

後來，我長大了，長得很大，自以為有了些閱歷，又自以為有了些見解，於是大著膽子拿起筆來寫東西了。

當腦子裡火花般閃過一個念頭的時候，我會在半夜從床上翻身坐起，拖過一張紙，或者丟下手裡的工作，在辦公桌抽屜裡匆匆記下幾個字；當那閃念清晰起來，像一條連綿的小溪那樣不絕地流淌起來，我便忘了吃飯，忘了睡覺，忘了自身的存在，忘了身外的一切；有時候，那思緒會像一條小船那樣擱淺，於是我坐立不寧，心情煩躁，無緣無故地發火，一下子得罪了很多人；待到峰迴路轉，豁然開朗，我看著誰都可親，看著什麼都可愛，世界多麼好啊，而自己，則是世界上最幸福的人了。

我長大了，我懂了，這就是思路。這是條折磨人的路，又是條充滿歡樂的路。這麼苦苦而又甜甜地走著這路，究竟是為什麼？似乎只是為了，「使一種可存在也可不存在的東西變為存在的」。

〈綠色的葉子〉

還是小時候。有一天，媽媽帶我去作協。在一間有很多陽光的房間裡，媽媽和一個挺老的老伯伯談話，我則被安置在角落裡的沙發上看畫報。

畫報，很快就翻完了；他們的談話，卻一點沒有完了的意思。我聽見他們在談一個叫阿舒的人。媽媽說：「……阿舒去考中學了。可是這天上午，我看見她坐在生產隊的暖房裡，一個人，呆呆的，手裡拿了一張向日葵的葉子撕著，葉子一縷一縷飄落下來。她說她沒考取中學，其實是，她並沒去考……」那老伯伯說的話，我一點不懂，因此，也一點不記得了。

阿舒是誰？不知道。過了若干日子，我在一本新到的刊物上，看見有媽媽寫的一篇小說，題目是——阿舒。原來，阿舒在這裡。可是從開頭看到末尾，都不曾見到阿舒有過媽媽告訴老伯伯的那段行為——考中學的那天，坐在暖房裡，一個人呆呆的，撕一張向日葵葉子，並沒有那一縷一縷飄落下來的葉子。飄落下來的倒是阿舒辮子上蝴蝶結綠色綢帶上的絲縷，哦，這確也是綠色的一縷一縷，只不過是阿舒坐在一個會場上發怔時，用牙齒咬落的。

我問媽媽，阿舒起先是不是坐在暖房裡撕向日葵葉子？媽媽疑疑惑惑地說：「是嗎？沒有。」

「有過的，有過的！千真萬確，我記得的。」

「我卻不記得了。」

「你再想想，再想想。」

「想不起來了。」

忘了。阿舒曾經撕過向日葵葉子這一點，無人可以作證了，就算是不存在了。人們看到的，認識的那個阿舒，是用牙齒一縷一縷咬綠色的蝴蝶結。唉，世界上有多少被拋棄被遺忘的念頭，那或許也是很美好的念頭。就像秋葉凋落了，「枯滋枯滋」被踩掉了，被吹走了，不存在了。我有些惆悵。

很多年以後，我寫了一篇小說；一個名叫陳信的青年漫步在黃浦江邊，回顧、瞻望、遐想、一唱三嘆，一次散步交代了前後幾十年。寫畢之後，心中卻總有些不踏實，不滿足。透過陳信的內心獨白而看他那段生活，就好像蒙了一層霧，看不真切，看不實在，被陳信的嘆息攪擾著，難免會看錯或看偏。我想改，想重新寫一遍，直接寫生活。然而，我又自以為陳信的獨白很優美很動人，很有些警句，很捨不得丟棄。我知道，一旦重寫了，這段美麗的獨白就不存在了。然而，不重寫又不行，我坐立不安呢。為了教自己安靜下來，只有一條路，重寫：陳信坐火車，陳信吃飯，陳信報戶口，陳信擠汽車，陳信找對象，陳信……陳信不獨白了。那獨白連我自己也漸漸地忘了。

陳信的獨白成了世界上成千上萬逝去的念頭中的一個。

但我不再憑弔它了。我發現，被拋棄被遺忘的一閃念，實際上是一座橋梁，它將我們渡向彼岸——那更完美、更長久的存在。

秋葉凋落了，樹卻添上了年輪。

那綠色的向日葵葉子，媽媽實在記不起來，就不記了吧。

——選自《獨語》，麥田出版，二〇〇〇

●————○　**筆記／石曉楓**

在討論散文的「手藝活兒」應如何鍛鍊之前，開宗明義，或許我們必須先思考為何創作，以及如何創作的問題。以小說知名的中國作家王安憶，散文作品裡每有對於創作的思考反省與現身說法，且擅長以「說故事」的方式，化抽象觀念為具體事件，〈思路〉、〈綠色的葉子〉便是如此深入淺出的文章。

〈思路〉以她童年時和同為中國知名小說家的「媽媽」茹志鵑女士相處日常，點出對於創作者而言，備嘗思緒遊走於靈感間的甘苦滋味，似乎只是為了「使一種可存在也可不存在的東西變為存在的。」至於〈綠色的葉子〉則更具體演示了「思路」從發想到成形，當中如何經歷捨棄、刪改、變形的諸種過程，世界上有多少美好的念頭因此被拋棄，但被拋棄的念頭未始不是橋梁，將作品導向更成熟的境界。

〈思路〉中的創作自白，在王安憶另一篇〈我為什麼寫作〉說得更明白：「說來說去，我寫作的初衷只是為了找一條出路，或是衣食溫飽，或是精神心情，終是出路。我自以為是找著了，便這麼源源不斷地寫了下去。」創作是否能對精神的豐盈與個人價值的完成有所支持？如果這樣的理由不能說服你，那麼創作對於個人的意義又是什麼？類似的問題可以再結合下文劉叔慧〈懷石〉繼續思考。

而〈綠色的葉子〉除了示範小說素材處理與改造的過程之外，更進一步則可導引出在散文創作裡，「真實」與「虛構」之間如何調配的討論。關於此，黃錦樹與唐捐二〇一三年曾於報端有相當精采的論辯，黃錦樹〈文心凋零？抒情散文的倫理界限〉、〈散文的爪牙？〉與唐捐〈他辨體我破體〉、〈散文的逆襲〉諸文亦可酌參，以對散文創作的虛實問題，進行更深入的討論。

王安憶，一九五四年生於南京，翌年隨母親遷至上海，文革時期曾至安徽插隊落戶。曾任演奏員、編輯，現專事寫作並在復旦大學任教。《長恨歌》榮獲一九九〇年代最有影響力的中國作品、一九九八第四屆上海文學藝術獎、一九九九年亞洲週刊二十世紀中文小說一百強、二〇〇〇年第五屆茅盾文學獎、二〇〇一年第六屆星洲日報「花蹤」世界華文文學獎；《富萍》榮獲二〇〇三年第六屆「上海長中篇小說優秀作品大獎」長篇小說二等獎；《天香》獲二〇一二年第四屆紅樓夢文學獎；《紀實與虛構》獲二〇一七年紐曼華語文學獎（Newman Prize For Chinese Literature）。二〇一一年入圍第四屆曼布克國際文學獎（Man Booker International Prize）。二〇一三年獲頒法蘭西藝術與文學騎士勳章（Chevalier of the Order of Arts and Letters by the French Government）。著有《紀實與虛構》、《長恨歌》、《憂傷的年代》、《天香》、《匿名》、《鄉關處處》、《考工記》、《一把刀，千个字》等。作品被翻譯成英、德、荷、法、捷、日、韓、希伯來文等多種文字，是一位在海內外享有廣泛聲譽的中國作家。

懷石

劉叔慧

懷抱著一顆不能取暖的頑石，是多麼淒涼的執著……。

晨起從弟弟的房門前經過，裡面清清楚楚的播放著電台的節目，又是響了一夜的收音機，老是這樣，睡前聽廣播聽著聽著就睡著了。清晨聽來特別的空洞，講了一夜的話也無人聞問，儘自明亮的說著，笑著，熱熱鬧鬧的排場也只是睡夢的裝飾品，鑲著聲音的空氣，安靜的隔著門迴盪。

以前準備大學聯考的時候，也經常讓收音機獨響一夜，辛苦的啃讀著三民主義、歷史、英文……，永遠準備不完的小考模擬考，漫漶的字成為瞌睡的爬蟲，一下子就潛進深幽的洞穴沉眠。收音機被迫獨白，背景音樂像瘖啞的青春。清晨從桌上醒來，懊惱著昨夜怎麼又睡著了，本來只是要瞇一下的，匆忙收拾沒有讀完的課本，電台主持人親切的向大家道早安，一點也沒有獨語一夜的蒼白。慌亂的趕搭最早的第一班公車到景美，車上兀自拿著單字背誦，顛簸的公車道途，心裡充滿無名的惆悵，乾淨的早晨，樟樹在撲朔的光影裡翻動細碎的手掌，街上的行人都有自己的故事，沉默的走動著，這麼美好的早晨，一點也與我無分。我只能記得電台節目主持人清亮的聲音，「嗨，各位聽眾大家好，又是一天的開始。」如是淒涼。

終於完成許多生命歷程裡的任務，聯考、求職、工作、談戀愛，日子並不更好也不更壞，文學的身影日愈單薄，像一個被棄養的小孩。對於熟悉的事物反而愈容易生分，就像凝視一個字的時候，這個字就突然莫名其妙的陌生起來。就是那種一點一點不對勁起來的末日感，讓我不斷揣想事物的可能性，透過書寫企圖治療那種必不可免的庸俗病，都會裡複製出來的生活款式，簡直無人可倖免。

一直喜歡「懷石」這個名字，據說懷石料理的來源是日本禪宗，禪宗的僧侶修行必須簡樸，甚至不進食，為了抵禦飢餓感，他們會在腹部放一顆暖熱的石頭，減輕飢餓的焦灼。後來發展出來的一套以美感和簡樸為主的料理方式，便稱作「懷石」。懷石料理是有錢人吃的，因為唯有富有到一個程度，吃不再和滿足食欲有關，而是技藝和美感的品味展現，如同懷石料理完全剝除食欲的壓力，像一則詩。無關肉身的欲念。

而我喜歡「懷石」這兩個字，素樸的觸感，因為懷抱著一顆溫暖的石頭，腹中的焦灼和人世的磨礪都可以不算什麼，在飢餓清冷的禪修世界裡，一顆石頭就是所有的存在。

當微妙的感官一點一點的被複製的生活收編吸納，驚懼自己竟無畏於被時光侵滅一無所感。壓抑著不要懷疑平淡的生活本身自有其樸素的意味。前些日子到台中出差，晚上在美術館附近散步，安靜的街道上有蕭瑟的落葉和悄悄的燈火，中部的夏天總是早於北方，夜來微有清涼意，因為離開原來的生活軌道，時間的速度便徐徐的緩下來。我們揀了一家美麗的咖啡館閒坐，名字是桃花元素，大片的玻璃窗將我們的身姿暴露在行人的眼前。愉快的談笑。歡樂的身影被凝固在明亮無纖塵的玻璃窗上，彷彿可以永遠是愉悅的。

永遠。忽然對一切應當的事物起疑，包括自己的生活秩序。

一直以為自己懷抱著一顆溫暖的石頭，只要一直抱著一直抱著，焦灼的飢餓就不算什麼，不是應當如此嗎？為什麼還會一直意識到不滿足，失去溫度的石頭提醒著疲憊的肉體，固執的懷石不能解決生命的寂寞，懷抱著一顆不能取暖的頑石是多麼淒涼的執著啊。

書寫不能只是如此。

書寫不是禪修不是靜定的冥思，書寫應當是一種勞動，像蝴蝶飛在花叢裡，尋覓屬於她的一口甜蜜，而她的飛行自成一種姿態，自成一種美好的溫柔想像，她不辛勞也不追求，只是理所當然的在花間飛行。而我的書寫卻只是凝視自己的倒影，哀憐生活的無聊無趣。

這種厭倦感終竟成為一種情調，如露如電如夢幻泡影，一切都是假的，只有這種綿綿的倦乏是真的，懷中的石頭馱到背上，沉重的推上山又滾下山，薛西弗斯的宿命，複製的詛咒，在一樣的位置，一樣的故事裡，重複活上千萬遍。永恆的無聊。

懷抱著不能取暖的石頭即便是淒涼的，但是，總比貧乏的無聊要好一點。

——選自《微妙的肉身》，麥田出版，一九九九

●———○ 筆記／石曉楓

相較於王安憶〈思路〉裡對於創作所展現的無盡熱情，劉叔慧〈懷石〉則表現出另一種疲乏的堅持與情調。懷石料理的美感與簡樸無關乎肉身飽足與否，而更是技藝與品味的呈現；一如寫作的價值也無關乎物質欲望，它更體現出精神世界的獨特與堅持。「在飢餓清冷的禪修世界裡，一顆石頭就是所有的存在」，創作的境界亦然。然而文章在論述「懷石」的隱喻之餘，又結合了作者對於生命歷程的回顧，以及當前困頓心境的自我凝視。

劉叔慧「透過書寫企圖治療那種必不可免的庸俗病」，與王安憶「為了找一條出路」的寫作初衷相對照，似乎並無二致，然而在文章中為何會有兩種截然不同的情調展現？疲乏與困頓是源自創作題材的枯竭，還是生活失去了流動性？「書寫不是禪修不是靜定的冥思」，書寫也不能是「凝視自己的倒影，哀憐生活的無聊無趣」，劉叔慧如是的自省值得深思。

所以，當感官逐日被生活無盡的複製循環所收納時，也許先於「如何創作」，我們必須反省的恐怕更是「如何生活」，或者更明確地說，是「如何看待生活」。「看」的方法之於創作有絕大關係，以電影鏡頭（也是一種「看」的方式）而言，侯孝賢的長鏡頭美學，與小津安二郎的低鏡位美學，除了構圖考量，更是種生活態度與觀物眼光的展現。看待世界的角度不同，便會成就相異的風景與視野，〈懷石〉裡的生活與創作反省約莫如是。如何重新開發流動而有生命力的生活方式與思維走向？如何轉換「看」的方法？無疑是創作初始必須思考與警醒的問題。

劉叔慧，一九六九年生。淡江大學中文研究所畢業，曾任職出版業、推廣武俠作品，主辦「溫世仁武俠小說百萬大獎」、監製兩部武俠史的紀錄片。二〇一七年離開職場，現職育兒養貓主婦。兼擅新詩、小說與散文，著有散文集《病情書》、《單向的愛》等；小說集《夜間飛行》、《微妙的肉身》。

來自遠方的眼光

朱天文

前言：1

這次會來到這個地方，跟大家坐在這裡講話，對我來說是一件不可思議的事。若不是《荒人手記》譯成英文出版，目前的這一切都是沒有可能的。

所謂不可思議，有兩點。第一，我一直以為，創作者與其「說」，不如「寫」。因為一個創作者，他所說的，絕對不會比他所做的更多，更好，絕對不會。他的精華，他的最好的部分，都在作品裡，除此以外，沒有了。中國人有句話說，天何言哉，天是最偉大的創作者，但天並不說任何話。總而言之，我認為創作者應當少說多做，而且最好是閉嘴。但是，你們看，我現在正在這裡滔滔不絕。

不可思議的第二點是，各位朋友你們坐在這裡，願意跟一個台灣來的人對話。假如在台灣的前面不加上一些形容詞，好比「在中國陰影下的」台灣，也許，台灣對各位來說也是模糊沒有意義的。照我個人淺薄的理解來看，各位當然是基於研究工作上的需要而聚集在這裡。我想像中的各位，既嫻熟於後殖民論述，也配備「去中心化」的思想，對異文化又抱持好奇心跟熱情，才會聚集在這裡對話。

因此根據我想像中的你們，我把我這個講話者設定在某個座標上，或者說，我把我自己當成一種眼光，一種異文化的眼光。這眼光既被你們所注視，也注視你們，加起來，也許就是此時此刻我們共聚一堂的所在的處境。

2

異文化的眼光，來自遠方的眼光，人類學家李維史陀（Lévi-Strauss）有一本書叫*The View from Afar*——從遠方來看。李維史陀曾經說，人類學者對自己所屬社會的態度，他不是內部的一個成員，而是置身於社會之外的一個觀察者，無論時間上還是空間上，他都是從遠處來看他所屬的社會。

在這裡，我稍微岔題一下。去年十一月，一部由我改編，侯孝賢導演的電影《海上花》（*Flowers of Shanghai*）在巴黎上演，其實是一部曲高和寡的電影，在巴黎卻大爆冷門，到現在已有二十萬人次的票房，還在上演，被選為去年度法國十大賣座影片之一。《解放報》（*Liberation*）訪問侯孝賢時提出一個問題：「我們法國人說，戲劇性（action）並非你影片的中心，反而是給放在影片的背後，外圍。銀幕上呈現出來的，永遠是發生在戲劇性之前的，和之後的。請問這是不是中國人特殊的看事情的方法？」

侯孝賢回答說：「是的，戲劇性不是我感興趣的，我的注意力總是不由自主的被其他東西吸引去。我喜歡的是時間與空間在當下的痕跡，而人在其中活動。我花很大的力氣在追索這個痕跡，在捕捉人的姿態和神采，對我而言，這是影片最重要的部分。至於戲劇性的隱藏或沒有，是否表示中國人特殊的看事情的方法，我其實並不自覺。我曾跟編劇朱天文談起這點，她說貴國的人類學家李維史陀有本書叫*The View from Afar*，這個view，如果很遠，更遠，再遠，遠到是在地球之外看地球的時候，看到的影像是什麼呢？若以此比喻，也許中國人偏愛遠觀，他不是那麼逼近的剖視人生，所以他也一向不看見戲劇性。」

侯孝賢曾說，拍電影是取片斷。好比一匹布放進生活的染缸裡浸染透了，拿出來截取一段裁衣，部分人是截取戲劇性的一段，部分人呢，截取不是戲劇性的一段。而侯孝賢總是，截取不是戲劇性一段的那一部分人。

看的方法：1

截取片斷，不論是生活的片斷、歷史的片斷、文本的片斷，我們都是在截取我們所看見的那一部分，或者說，截取我們「想要」看見的那一部分。

我們生活在眾人的眼光，和我們自己的眼光之中，經年累月，已經習以為常，習焉不察。這眼光包圍著我們，讓我們以為，我們看見的，就是世界，就是事實的全部。當這包圍著我們的眼光內化為我們身體的一部分時，我們會變成，我們「想要」看見的東西，我們才看得見；而我們「不想要」看見的東西，我們就果然也看不見了。

那麼這時候，創作者的出現，似乎就有其必要。創作者是做什麼呢？創作者是一群帶有異樣眼光的人。他看見了某些東西，把它截取出來，呈現在我們前面。他是把我們習以為常的眼前熟悉事物，予以「陌生化」（alienate）的一種人。

是的，陌生化。

陌生化提供了不同的眼光，不同看世界的方法。

陌生化不一定是新奇，令人感到愉快的。它可能很危險，如同班雅明（Benjamin）描述他自己的文章，「像路邊的武裝強盜，發動一場攻擊，解放了被定罪的懶散者，事物的事實性從一種囚禁中釋放出來。」所謂囚禁，是指包圍著我們的習焉不察的眼光，陌生化刺穿了包圍，把我們這些懶散者照射得睜不開眼睛。

2

陌生化，是一種看的方法。

此處容我再岔題一下，有本談繪畫的書叫《看的方法》（*Ways of Seeing*, by John Berger）。一九七二年，柏格根據他為BBC製作的同名稱的影集寫成此書，是七〇年代藝術社會學的一個里程碑。

書裡講到歐洲的裸體畫。裸體畫的開始是描繪亞當與夏娃。中世紀時，這個故事用一景接著一景連環圖的形式出現。文藝復興時期，敘述的順序消失了，而把這個赤身裸體描繪成羞恥的片刻。待繪畫變得更世俗以後，其他主題也紛紛出現供裸體畫之用。但是，差不多所有裸體畫都有一個共同點，即某個女人，在被某個觀賞者所看。她並非像她在畫面裡的那個樣子赤裸著，她之所以赤裸，是因為有一位觀賞者在看她。此觀賞者，通常，是被假設為男人。

歷史上很長一段時期是，男人行動，女人出現。男人注視女人，而女人注意自己被男人注視。這不但決定了大部分的男女關係，也決定了女人與自己的關係。女人自身內部的觀察眼光是男性，而被觀察的是女性自己。女人把自己變成一個對象（object），一種景觀（sight）。

我們知道，一個赤裸的身體（nakedness），必須被當成對象，用來展示，才會變成一幅裸體（nudity）。裸體畫其實從來沒有赤裸過，它是另外一種形式的穿著，它穿著觀賞者的眼光。

柏格指出，值得我們注意的是，其他非歐洲的傳統，印度、波斯、非洲、哥倫布以前的美洲，赤裸，從不以裸體畫的這種方式仰臥。那些傳統裡，如果作品的主題是性吸引力，通常就表現為兩人之間主動的性愛，女人和男人同樣主動，是彼此吸引的動作——「我們都有千手千腳，從不獨行。」

然而我們看，幾乎所有後文藝復興時期（post-Renaissance）歐洲的性想像，都採取面向觀眾的姿勢，因為性愛的主角是正在看的觀賞者，也是擁有者。這位主角，這位觀賞者擁有者，從未被畫進畫裡。這樣的裸體畫，在十九世紀學院藝術中到達巔峰。柏格說，成千上萬的裸體畫所形成的傳統中，大概只有一百張左右例外。這些例外是，畫裡赤裸著的女人，被人所深愛著。畫家對他所愛的女人的觀點是如此強烈，以致根本不容許有觀賞者存在。畫家的觀點結合了他跟畫中的女人，畫變成了他們兩人的海誓山盟。畫家把女人和女人的意志畫入形象之中。觀賞者畫入女人身體和臉部的表情上。觀賞者站在畫前面，他只能見證，見證這幅海誓山盟。觀賞者被迫認知自己是個局外人，他不能欺騙自己畫裡的女人為他赤裸。總之，觀賞者不能把她變成一幅裸體畫。

當然，來到現代藝術中，裸體畫變得不再重要，藝術家開始質疑，那是另一個故事了。大家不妨比較一下，十九世紀中葉的播下印象派種子的馬奈（Manet），他畫的奧林匹亞（Olympia）裡的裸體女人，跟十六世紀提香（Tiziano）的烏畢諾的維納斯（The Venus of Urbino），兩位裸女的不同。

3

所以呢，看的方法，ways of seeing，從歐洲繪畫史來考察，也經歷了好幾次的變革。

讓我們來複習一下這段變革。譬如透視（perspective），是把西方藝術的特點，技術上用遠近法、明暗法，在文藝復興時代初期確立。透視把我們的眼睛變成這個可見世界的中心，所有事物都收納於我們的眼睛，我們的眼睛是所有時空的消盡點。可見世界因觀察者而分布，就像宇宙被當成是上帝在分布。對透視傳統來說，沒有什麼視覺的交互關係。上帝不必以其他人定位自己，他自己本身就是定位（situation）。透視有一個矛盾是，可見世界既然由這個觀察者所結構出來，但是，這位觀察者可不像上帝，他一次只能在一個地方。他是非此即彼（either/or），他不能既此且彼（and/and）。

後來照相機出現了。它把事物的瞬間凝固在那裡，我們所看見的是當時我們所在之處。以前，形象是延續的，永恆的；現在，形象是「此曾在」。我們很難再認定，所有事物都是收納於人類的眼睛之中。我們的眼睛，不再是無限時空的消盡點。照相機告訴我們，並沒有所謂中心。

印象派繪畫呢（Impressionism），如同大家知道的，是現代繪畫的始祖，是文藝復興以後西洋繪畫的終點，也是新繪畫的起點。這時候，世界不是為了被看見而展現在我們面前，相反的，世界不斷的變換，稍縱即逝，是無常的。

於是立體派繪畫（Cubism）接踵而來。世界不再是單一眼睛所看見的，卻是從被描繪對象的周圍各點所可能看到的樣貌的總和。塞尚是現代繪畫之父，塞尚把物體從各個不同的正面去看，然後把它們畫在同一個畫面裡。他不是畫出觀賞者進入畫裡面去的深度，而是畫出物和人紛紛向著觀賞者走出來的感覺，如此觀賞者的目光就被分散吸引到畫中各個不同的物體上去了。

大家看，光是看，方法就有這麼多種。

而柏格說，「我們只看到我們看見的」，所以往往是，我們以為都看見了，但其實我們看見的是多麼片面，多麼自我中心。我們何不來想想，我們沒有看見的那些部分是什麼呢？

荒人的眼光

最近我偶然讀到一句艾略特的詩，它說：「我是拉撒路（Lazarus），來自死境／我回來告訴大家，把一切告訴大家。」

拉撒路是新約裡進天堂的乞丐。乞丐進天堂，世俗裡的意義很明白，標示著一個較好社會最起碼該有的公平、正義原則。而乞丐與富人平等都進得了天堂，中國人有莊子的〈齊物論〉，離開以人為世界中心的眼光，拉遠，拉遠，拉遠到星球之外看回來，人與萬物一樣，不過都是一個存在。這樣的眼光，影響了人與人的關係，人與物的關係，人與大自然的關係，也影響了人與他自身內部的關係。

拉撒路說他來自死境，回來告訴大家。死境，是一個隱喻（metaphor），可以暗示任何情況。其中一個暗示也許可以是，人們眼睛所沒有看見的那些部分。拙作《荒人手記》中，死境的暗示也許可以是人的欲望的深淵，無法測試的深淵，我們站在懸崖邊朝下略一望，已經目眩神搖。這時候，是耶穌對撒旦發出的挑戰說了一句「不可試探主你的神」，那死境是不好去試探的。然而，明知山有虎，偏向虎山行，這是幹嘛，無聊送死嗎？是的，創作者就是這樣一群無聊送死的人。

不論是好奇心促使，或是召喚（vocation）推動，他都要一探死境。而若僥倖不死，他從死境回來，要把他在那裡看見的告訴大家。在創作活動中，從死境回來，回來的這個姿態，這個行為，也許是最重要的部分。

回來的人，他將「同時以拋在背後的經歷，和此刻此地面對的實況，這兩種方式來看事情，他有著雙重視角（double perspective）。」

回來的人，他知道邊境在哪裡。邊境之內是什麼，跨出邊境之外又是什麼。他知道，最大的張力都發生在邊境上。那些曖昧不明、自相矛盾、多重性、歧義性，一切的參差對照，都在邊境發生。回來的人因為深知邊境的界限在哪裡，知道多深，他去觸犯那界線的量度就有多深，他所撥動起來的力量就也有多深。

創作者將永遠站在邊境上，以他的雙重視角，向邊境裡的人陳述著他所看見的事物。

業餘者的眼光

關於創作活動，和做為一個創作者，我只能說到這裡了。

《荒人手記》裡荒人的身分——gay的角色，他既是一個隱喻的形象，也整個是一則寓言（allegory）。至於他隱喻了什麼，寓言了什麼，應是開放給所有的閱讀者，我若對作品再多說什麼，充其量都是後見之明，跟我創作的當時其實風馬牛不相及。

不過，我可以說說一些自我期許，期許我自己，也帶點壓迫性的，期許今天有緣共聚一堂的我們大家。我期許自己終身做一名業餘者（amateur），在各個範圍、場合、境遇裡的業餘者。

講到業餘者，各位都知道了，業餘者與專業者的重新定義，來自薩依德（Edward W. Said）。他的書《知識份子論》（*Representations of the Intellectual*），我的妹妹小說家朱天心說，在讀的時候一路覺得，只要把知識份子一詞換成小說家，就是對她目前寫小說狀態最貼切的描述和說明。

薩依德說，業餘者只是為了喜愛，和澎湃的興趣。這些喜愛與興趣在於更遠大的景象，越過界線、障礙，拒絕被某個專長所束縛，也不顧一個行業的限制而喜好眾多觀念和價值。這裡，班雅明跟他是呼應的，總要把事物從一個實用計畫裡擺脫出來，恢復事物原有的初始性，獨特性，把新鮮空氣灌入思想行文中，是班雅明在作品裡想盡辦法要做的。

與業餘相對，專業化，意味著已忘記藝術或知識的源頭，磨滅了事物初始時的興奮感、發現感。陷入專業化，就是怠惰。薩依德說，今天對於知識份子的威脅，不是來自學院，也不是新聞業和出版業的商業化，而是專業態度。專業態度，意味著不破壞團體，不逾越公認的典範或限制，因而是沒有爭議性的，客觀的。專業化，是教育體系中一種普遍的工具性壓力，於是專業知識，和崇拜合格專家的做法，是戰後世界中一股特殊的壓力。專業化的再一個壓力是，專業人無可避免的流向權力和權威，流向被權力直接雇用。

薩依德提出，今天的知識份子應該是個業餘者。他選擇風險和不確定，而不是待在由專家和職業人士所掌握的內行人的空間裡。要維持知識份子相對的獨立，就態度而言，業餘者比專業人更好。我想說的是，如果我們所處的時代，已是高度資本主義下專業化的分工與分割，潮流所至，銳不可當，那麼我願意在裡面永遠當一名業餘者。

業餘者的眼光，他是薩依德的。加上人類學家遠方的眼光，他是李維史陀的。加上荒人的眼光，他是班雅明的。這些眼光匯聚起來的眼光，如果賦予它一個具體形象，它會是，「發達資本主義時代裡的抒情詩人」（A Lyric Poet in the Era of High Capitalism）。

我心目中的讀者是他。他注視的眼光，成為一位鑑賞家的眼光。我寫給這樣的鑑賞家看，以博取他的激賞為榮。

——選自《朱天文作品集五》，印刻出版，二〇〇八

本文為《荒人手記》英譯本出版於美國科羅拉多大學東亞系的演講稿，由譯者葛浩文（Howard Goldblatt）主持介紹。

● ——— ○ 筆記／石曉楓

從「看」的方法延伸討論，便談到朱天文所謂「荒人」的眼光。〈來自遠方的眼光〉是一九九九年《荒人手記》英譯本出版時，朱天文於美國紐約發表的演講，以說話稿的形式呈現。這篇講稿有趣的地方在於，來自台灣的講者與當時所面對的聽眾，彼此就是異文化眼光的交流；而講者當時所處「既在其內又出乎其外」的環境座標，又呼應了演講中所反覆提及的創作者眼光之所向。

朱天文所指出那常人「習焉不察」的眼光，可說正是前文劉叔慧所倦乏的生活、薛西弗斯的複製詛咒之所由來。創作者的職責便是以一置身於社會之外的觀察者自居，將生活陌生化，才能「恢復事物原有的初始性，獨特性，把新鮮空氣灌入思想行文中」，一如班雅明。或者，也可以取法侯孝賢式的觀物眼光，截取那「不是戲劇性」的當下展示給人看，這雖是種片面性的眼光，卻也可視為獨特的個人視角。也或者，一如荒人死境，以邊界的雙重視角，見人之所未見並「回來」報信，這便是創作者的使命。

這些眼光的擷取與譬喻都是抽象化的，但卻足以提供寫作者另一扇窗，去檢視生活陳規之綁縛、去思考寫作意義之所在；又或者，去重新發掘生活的興味與樂趣，甚至去體察創作者如何常保一種馬奎斯所謂「這是個嶄新的新天地，許多東西都還沒有命名，想要述說還得用手去指」的新鮮眼光。

朱天文，一九五六年生於高雄鳳山，十六歲發表第一篇小說，曾獲《聯合報》小說獎、《中國時報》文學獎短篇小說優等。撰寫侯孝賢的電影劇本十六部，三度獲得金馬獎最佳改編劇本及最佳原著劇本。一九九四年以《荒人手記》獲時報百萬長篇小說獎首獎，英譯本獲《紐約時報》推薦「值得注目的書」、《洛杉磯時報》「年度佳書」。二〇〇八年《巫言》獲「世界華文長篇小說紅樓夢獎—決審團獎」。二〇一五年獲「美國紐曼華語文學獎」。二〇一八年獲「21大學生世界華語文學人物盛典」致敬人物。二〇二〇年執導完成紀錄片《願未央》。著有《傳說》、《淡江記》、《炎夏之都》、《世紀末的華麗》、《黃金盟誓之書》、《最好的時光》等。

那些遙遠的星光——歷時性題材的表現

他的上唇掛霜了

蕭紅

他夜夜出去在寒月的清光下，到五里路遠一條僻街上去教兩個人讀國文課本。這是新找到的職業，不能說是職業，只能說新找到十五元錢。

禿著耳朵，夾外套的領子還不能遮住下巴，就這樣夜夜出去，一夜比一夜冷了！聽得見人們踏著雪地的響聲也更大。他帶著雪花回來，褲子下口全是白色，鞋也被雪浸了一半。

「又下雪嗎？」

他一直沒有回答，像是同我生氣。把襪子脫下來，雪積滿他的襪口，我拿他的襪子在門扇上打著，只有一小部分雪星是震落下來，襪子的大部分全是潮濕了的。等我在火爐上烘襪子的時候，一種很難忍的氣味滿屋散布著。

「明天早晨晚些吃飯，南崗有一個要學武術的。等我回來吃。」他說這話，完全沒有聲色，把聲音弄得很低很低……或者他想要嚴肅一點，也或者他把這事故意看作平凡的事。總之，我不能猜到了！

他赤了腳。穿上「傻鞋」，去到對門上武術課。

「你等一等，襪子就要烘乾的。」

「我不穿。」

「怎麼不穿，汪家有小姐的。」

「有小姐，管什麼？」

「不是不好看嗎？」

「什麼好看不好看！」他光著腳去，也不怕小姐們看，汪家有兩個很漂亮的小姐。

他很忙，早晨起來，就跑到南崗去，吃過飯，又要給他的小徒弟上國文課。一切忙完了，又跑出去借錢。晚飯後，又是教武術，又是去教中學課本。

夜間，他睡覺醒也不醒轉來，我感到非常孤獨了！白晝使我對著一些家具默坐，我雖生著嘴，也不言語；我雖生著腿，也不能走動；我雖生著手，而也沒有什麼做，和一個廢人一般，有多麼寂寞！連視線都被牆壁截止住，連看一看窗前的麻雀也不能夠，什麼也不能夠，玻璃生滿厚的和絨毛一般的霜雪。這就是「家」，沒有陽光，沒有暖，沒有聲，沒有色，寂寞的家，窮的家，不生毛草荒涼的廣場。

我站在小過道窗口等郎華，我的肚子很餓。

鐵門扇響了一下，我的神經便要震盪一下，鐵門響了無數次，來來往往都是和我無關的人。汪林她很大的皮領子和她很響的高跟鞋相配稱，她搖搖晃晃，滿滿足足，她的肚子想來很飽很飽，向我笑了笑，滑稽的樣子用手指點我一下：

「啊！又在等你的郎華……」她快走到門前的木階，還說著：「他出去，你天天等他，真是怪好的一對！」

她的聲音在冷空氣裡來得很脆，也許是少女們特有的喉嚨。對於她，我立刻把她忘記，也許原來就沒把她看見，沒把她聽見。假若我是個男人，怕是也只有這樣。肚子響叫起來。

汪家廚房傳出來炒醬的氣味，隔得遠我也會嗅到，他家吃炸醬麵吧！炒醬的鐵勺子一響，都像說：炸醬，炸醬麵……

在過道站著，腳凍得很痛，鼻子流著鼻涕。我回到屋裡，關好二層門，不知是想什麼，默坐了好久。

汪林的二姊到冷屋去取食物，我去倒髒水見她，平日不很說話，很生疏，今天她卻說：

「沒去看電影嗎？這個片子不錯，胡蝶主演。」她藍色的大耳環永遠吊蕩著不能停止。

「沒去看。」我的袍子冷透骨了！

「這個片很好，煞尾是結了婚，看這片子的人都猜想，假若演下去，那是怎麼美滿的……」

她熱心地來到門縫邊，在門縫我也看到她大長的耳環在擺動。

「進來玩玩吧！」

「不進去，要吃飯啦！」

郎華回來了，他的上唇掛霜了！汪二小姐走得很遠時，她的耳環和她的話聲仍震盪著：

「和你度蜜月的人回來啦，他來了。」

好寂寞的，好荒涼的家呀！他從口袋取出燒餅來給我吃。

他又走了，說有一家招請電影廣告員，他要去試試。

「什麼時候回來？什麼時候回來？」我追趕到門外問他，好像很久捉不到的鳥兒，捉到又飛了！失望和寂寞，雖然吃著燒餅，也好像餓倒下來。

小姐們的耳環，對比著郎華的上唇掛著的霜。對門居著，他家的女兒看電影，戴耳環；我家呢？我家……

——選自《蕭紅小說散文精選》，商務印書館，二〇一五蕭紅文字有種天然的率真，本文寫她的「郎華」（即蕭軍）在雪夜裡出門工作，冷得上唇都掛了霜。雪的意象常出現在蕭紅的作品裡，固然因為這是出身於黑龍江省呼蘭縣城的成長底色，但頻繁地描繪其實也暗示了生命內在的寒涼。眾所周知，蕭紅一生失愛於家庭、戀愛多波折，貧病交迫下，年紀輕輕便病逝於逃難中的香港，白雪意象正是她作品讀來的清冷色調。此外，蕭紅的寫作筆法是常將小說散文化、散文小說化，本文充斥的大量對話與場景書寫，便是具體演示。

全文藉由汪家小姐的皮領子與高跟鞋，對照「我」家的貧寒；藉由「她的肚子想來很飽很飽」，暗示「我」難忍的飢餓；藉由電影的美滿結局，反襯情感落實於生活的無奈。文中的「我」不僅承受著生理上的飢餓，也經受著心靈的飢渴，她與郎華之間連身體的陪伴、精神交流的時間都沒有。

談論愛情的作品很多，但如此赤裸裸地寫出生活實相者，難免令人難堪。相比於張愛玲名作〈愛〉裡那種出塵的描寫，蕭紅的處境竟是如此淒涼。然而在二文題材與境界的差異之外，足堪注意者尤在於，張愛玲是以一種隔絕的說書筆調講述他人愛情，從而提煉出她對愛的看法；蕭紅則是以介入的方式，演繹著自己的真實人生。而這種寫作姿態的選擇，無疑也形成風格的差異性，我們於是感受到張愛玲的「清堅決絕」，與蕭紅筆下所謂「我雖生著嘴，也不言語；我雖生著腿，也不能走動；我雖生著手，而也沒有什麼做，和一個廢人一般，有多麼寂寞」，那種略顯嬌憨的埋怨神態，都是少女面對愛情的獨特風姿。

蕭紅（一九一一—一九四二），原名張迺瑩（一作乃瑩），筆名蕭紅、悄吟。中國早期文壇不可忽視的女性作家。蕭紅筆觸深受魯迅、茅盾和美國作家辛克萊作品的影響。作品帶有自傳色彩，結合社會洞察、時代流變與女性關懷，在其輾轉流離傳統婚姻與社會枷鎖的人生中，反映出獨特的情感書寫視角，充分表現其不被潮流囿限的女性意識和審美觀點。《生死場》和《呼蘭河傳》為其代表作；另著有《跋涉》、《商市街》、《小城三月》等文集。

父土

陳黎

從小到大，在旁人眼中，有些事我似乎與眾不同。大學以前的我，不喜歡跟親戚打招呼。除了「媽媽」之外，連「爸爸」都沒喊過，更不用說其他二三四五六等親了。長輩們常以利誘我，說，譬如，叫一聲「阿公」給一百塊。我從不就範。我可以用「間接敘述」提及阿公如何，二叔如何，但要我當面喊他們，絕無可能。為何如此，我也不知道。但我從小如此，一如我從小就不參與家族任何年節的祭拜、聚會，不跟他們去掃墓，吃喜酒或生日餐宴。

所以我自然也不曾跟著他們，勞師動眾，回原居地祭祖、探親，祭拜那些不曾見過的死人，探訪那些不曾聽過的親人。

我父親十四歲時，跟著我的祖父、祖母、外曾祖母，以及我的一干叔叔、姑姑們，從宜蘭遷來花蓮。從小，老是聽他們講羅東，提三星，卻一直不清楚他們這些人從宜蘭什麼地方來到花蓮。有時又聽他們說要去礁溪掃墓，或者某某親戚要從冬山來。宜蘭在花蓮之北，我知道。

大學時到台北讀書，坐蘇花公路在蘇澳換火車北上，這我也知道。北迴鐵路通車後，坐火車上台北，蘇澳新站之前是南澳，之後有羅東、宜蘭、礁溪、頭城，海上面有一個龜山島，這些都在宜蘭，這我也知道。但我還是不知道三星、冬山在哪裡，不知道我父親所來自的鄉土是什麼樣貌，一如我從小到大都不太在意父親在想什麼或者他對我有什麼想法。幾天前，為公視拍「文學風景」影集的女導演在攝影機前問我：「你作品裡母親的形象強烈，父親的形象相對模糊，是否也是一種對父權或威權的反抗和批判？」我說我不曾有被父親壓抑的感覺，相反地，我似乎一直無視於父權的存在，一如我從小對世俗禮教的視若無睹。

父土對我是陌生的。這也許是為什麼，當我三十歲，生下女兒，初為人父時，我覺得自己很好笑，覺得自己很不像自己——「成為一個父親？」

父親的世界對我是陌生的。

從小，他讓我印象最深刻的是他的字，有時候用鋼筆寫我的名字在課本封底或練習簿封面。更多是在十行紙上，一行一行遊走而下。這些字相當工整，合而觀之，覺得忽大忽小，但平衡得很好，環肥燕瘦，相映成趣，好像是平假名化或草書化的楷體字——非常秀麗而有個性。假日時他會用新買的Honda 50載母親和我們三兄弟到郊外玩——多麼有效的六〇年代，一輛小摩托車同時坐五個人！花蓮市的美崙公園、忠烈祠，吉安鄉的王母娘娘廟……我書架上一本小相簿證明這一切為真。或者我們會坐火車——東線小火車——回母親的娘家玉里，或者探訪在電力公司服務，每隔幾年沿著鐵路路線調來調去的舅舅——光復、瑞穗、富里火車站的月台都曾留下我們的家庭照。在林區上班的父親出差到台北時，有時也會帶我一起去——依然是照片為證：松山機場，圓環的旅館，兒童樂園……。還有一張照片是國小四年級時我和弟弟在花蓮市博愛街竹庵酒家內水池旁的合影。父親的寫字桌上有一個書架，我在書架上看到的除了他不時買的日文版《讀者文摘》外，就是原來在花蓮港木材株式會社工作，戰敗後回國的日本人留給他的一些日文書。這些書多跟林業有關。小學六年級時我從中找到一本類似叫《小學數學大全》的書，精裝本，厚厚的。我翻了一翻，雖是用我不懂的日文寫成，但居然看得懂。我記得我把裡面的題目從頭到尾都做了，覺得台灣教的算數還比日本難呢。這是我第一次讀「外文書」，非常奇妙。高中畢業後我又在裡頭發現一本日文的《西洋音樂史》，我辨認圖片，找到史特拉汶斯基等人，驚訝這本發黃的舊書裡怎麼藏了那麼多我渴慕的現代音樂資料。

我從小大概就是一個自以為是，自行其是的人。自以為我就是我的家教，不需父母管我，也不太覺得他們對我有什麼影響。我跟他們在同一個屋頂下生活了三十年，近十多年來雖然沒有同住一處，但住的地方相距不到五百公尺。我只有在寫作、閱讀或看「小耳朵」節目遇到有問題的日文資料時，才會想到我的父親，請他幫我翻譯一下，雖然他未必真懂。我懂就好，我總這樣以為，他只要當我的字典或翻譯機就好，在我需要時。所以我記得十行紙上他幫我做的那些片段、零散的翻譯。記得（譬如上個禮拜）有事要上台北，找不到人載我到火車站時，會打電話叫他來載我。七十多歲的他騎著他的Vespa載著四十多歲的我。機車波、波、波的走著，我坐在後面，戴著他帶來的安全帽，他坐在前面，不時吐出一些話語。那些話語飄散在風中，隔著安全帽，我完全不知道他在說什麼。我喔、喔的敷衍著。到了車站，我下車，拿下安全帽，交給他收好，他似乎還想要跟我說什麼。我走向車站，說回來時有需要再跟他聯絡。

我不知道他和我的世界有什麼要聯絡。

退休後在家，他常說要寫回憶錄。我想寫就寫嘛，反正閒著沒事。前些時候他花了一些時間編寫了一本《我們的家族》，還託人打字，影印成冊，送給他的弟妹們。二十頁A4影印紙記錄了我祖父母以及外曾祖母的生平大事，敘述了家族由宜蘭遷來花蓮的經過，並且把他兄弟姊妹各家庭成員的資料羅列在內，還附一張陳家祖先在宜蘭礁溪龍潭公墓內的墓碑位置圖。

我幫他校對了一下文稿和圖稿。我當然不會去掃那些墳墓。根據我父親所記，這個家族日據時代祖居地乃在台北州宜蘭郡宜蘭街宜蘭字乾門一四五番地，即今日宜蘭市內。由今日礁溪鄉福嚴護國禪寺北側小道路右邊樹林第三棵樹進去可看到一「山東盧墓」，再進去即可找到寫著「爽娘姚氏」與「保娘林氏」字眼的我的曾曾祖母與曾祖母之墓。在護國禪寺前面的公路北行右轉可到一小山丘，上有我曾曾祖父與曾祖父之墓，墓碑上橫寫「南靖」（據我父親說應該在中國福建南部），直寫「顯考清山阿喜陳公之墓」，我的父親註解說清山是他曾祖父之名，阿喜則為其祖父，日據時代戶籍資料記載名為陳甚，可能光復後誤錄為阿喜。陳甚也好，阿喜也好，不管喜不喜歡，他就是我的曾祖父。

父親的這本小冊子說我的外曾祖母游李晚於一八九一年生於宜蘭冬山，丈夫早逝，她的女兒，也就是我的祖母游阿嬦生於一九一〇年，一九二六年與當年十九歲的我的祖父陳水木結婚。在太平山擔任運材機關車司機的我的祖父於三十二歲時單獨前來日人經營、待遇較好之花蓮港木材株式會社任職。我的父親及其弟妹們仍與我的外祖母、祖母等留在宜蘭，同住在羅東郡三星庄三星字月眉三五番地。「房屋是木造，用台灣瓦蓋，位於三星市場後面，因與一家碾米廠比鄰，碾米時間，空氣會汙染，所以很少開大廳的門，大部分時間都由靠水溝與田園的後門出入，以免灰塵吹入家中，可說是光線與通風狀況都不甚良好的破舊房屋。」

一九四三年七、八月間，宜蘭地區發生數十年來最大的一次颱風。三星附近的紅柴林堤防被大水沖毀，民房被水沖走，死傷慘重。當時十四歲的父親建議我的外祖母立刻往建築牢固的附近市場內避難，一家人躲在豬肉攤下度過驚恐又難耐的長夜，翌日回家一看，房屋已倒毀，慶幸及時走避，卻也無家可歸。遂於同年遷至我祖父的勤務地花蓮，租屋而住。

我複述這兩段我父親在小冊子裡的敘述，主要因為我覺得這本《我們的家族》太瑣碎、平凡、無聊，我將之去蕪存菁，算是廢物利用，合乎現在環保回收的概念。半個月前，我隨本地一個環保團體前往宜蘭做二日遊。我買了一本彩色精印的《宜蘭深度旅遊手冊》，蜻蜓點水，快馬加鞭地深度旅遊了一番。我坐在朋友的車子裡，從羅東到宜蘭，從冬山河到雙連埤，欣賞了（根據書上所說）在自然方面：一、山林之美，二、湖泊之美，三、溪流之美，四、平原之美，五、濕地之美，六、海岸之美；以及在小吃及特產方面（這也是書上說）：一、糕渣，二、粉腸，三、膽肝，四、金棗，五、李子糕，六、牛舌餅，七、物仔魚羹。那一夜，我住在冬山河邊的民厝裡，想到這附近就是我外曾祖母、祖母出生之地，想到我的父親、祖父、曾祖父曾經奔波在這塊非常綠色的土地上，流下，可惜，沒有顏色的汗或淚，我是有一點感動。

相對於之前每一次都是坐在自強號或莒光號車廂，隔著玻璃窗看風景疾馳而過，這次我算是腳踏實地，親臨其境。如果我細心打探，我也許可以問出六十二年前為剛滿週歲的我的四叔治病，誤把他的右大腿動脈切斷，使他一隻腳萎縮，無法走路的那位羅東有名的陳醫師診所在哪裡。如果我耐心考察這個地方圖書館裡或圖書館外的廳誌縣誌郡誌鄉誌墓碑口碑紀念碑，我也許可以尋訪出九十年前背著不能人道的她富家子弟的丈夫，在外面生下我的祖母和她的兄弟的我的外曾祖母李晚，是跟哪一個有種的男子有染？他們在哪一間旅社、木屋或茅舍偷情？在哪一塊草地、水田或沼澤野合？

這塊我父族所來自的土地對我既陌生又熟悉。它存在於我的不在場，存在於我不確定的記憶，以及想像。因疏離而引起我的親近，好奇，因虛幻而真實。一如我的父親之於我，或者有一天，我之於我的女兒。我杜撰、虛構了它的疆界，它的年雨量、平均溫度、氣壓，鳥獸誌、文物史，它傳賢不（必）傳子的禪讓政治。

父親跟我之間很少談過什麼。在家裡吃飯，我們是一家人圍著一張桌子，我總是第一個吃完並且離開，最後一個吃完的總是母親，這中間我們家人很少交談。這樣的吃法我覺得很自在，很方便，很有效。我大學畢業回來教書後，他賭輸錢跟我要錢，我總是說有本事賭才去賭，並且舉我自己為例，說我從不賭博欠錢或沒錢賭博。我還是給了他錢。我跟他說賭博除了輸還有贏。

他當然也想贏。贏得做為他的兒子的我對他的尊敬，看重。贏得他對什麼東西都顯出一付不屑樣子的兒子的歡心。一如逐漸老去的我也想贏得早就步入青春反叛期的我的女兒的注視。注視父親的世界。

那一天，星期日，我就讀高一的女兒又在餐桌上寫她的書法作業。我走過，發現她正在臨歐陽詢的《九成宮》，一筆一畫，還蠻像個樣子。我知道她這一寫要一兩個鐘頭。我走到前面客廳，打開音響，把三張不同演奏者演奏法國作曲家薩替（Satie）鋼琴作品的CD分別放進我的三個唱盤。我選一些他們都彈了的曲子接續播放，我先放France Clidat彈的，再放Pascal Rogé，再放很慢很慢的Reinbert de Leeuw，然後換上一張「維也納藝術樂團」爵士樂風的演奏，一首接一首，播完又重來，彷彿周而復始，不斷再現的圖案：《三首吉姆諾培迪》（*3 Gymnopédies*），《六首格諾內斯》（*6 Gnossiennes*），《在最後之前的思緒》（*Avant-dernières pensées*）……短短的曲子，非常奇怪的曲名。

薩替稱他的音樂是「家具音樂」或「壁紙音樂」，意指演奏時人們並沒有專心聆賞的音樂，家具或壁紙般存在於我們周遭，我們在其中走動，呼吸，咳嗽，沉思，嬉笑，睡眠，憂傷……卻不覺其存在。

三年前，我的女兒從我的父親、我和她先後讀過的小學升到我任教的國中（她也許不知道她祖父是她母校日據時代高等科的畢業生），我們每天在同一個校園作息，她始終不曾出現在我的教室聽我上課。她一直想考音樂系，放學後花了頗多時間學琴、練琴、修習樂理，校內校外繁瑣的課業讓她少有悠閒之心，我反而不能隨意、自由地教給她東西，像過去二十年來我給我的學生的。

我在客廳反覆播放唱片，不時提高音量，自言自語說這是薩替的作品，家具音樂，我寫過這樣一首詩。我希望間接幫助她增長她需要的音樂知識。我的女兒在餐桌上寫毛筆字。隔著一堵壁紙破損的牆，她也許聽到飄散、沉落於屋內的我的話語或薩替的音樂，在多年以後的某一天，忽然又記起這樣一個午後，她的父親，薩替，家具音樂。也許聽若未聞，視若未見，因為這些果然是太日常、太熟悉、太習慣的家具／音樂——如此具體，又如此空無。一個熟悉又陌生，親近又疏離的世界。

每一個人都是其他人的壁紙。每一個家人都是其他家人的家具。在存而不在，又無所不在、永遠存在的記憶的房間。我們知道又不知道的父土。

——選自《陳黎跨世紀散文選》，印刻出版，二〇一六

●———○　筆記／石曉楓

學者曾指出陳黎的作品有兩大特色，一是書名、題名喜以畫作或樂曲命名，二是寫人物最有特色且旁人難及。〈父土〉大抵融合了這兩重特色，文章名為〈父土〉，實則寫我與父親（及與女兒之間）的三代親子關係，而文末引出的「家具音樂」（「壁紙音樂」），則可見其日常素養與嗜好。

〈父土〉從共同的、平凡的家庭經驗陳述起筆，寫「我」向來不關心家族來自何方、不在乎父親在想什麼，「我」在家中用餐時不喜與家人交流溝通，「我」對待父親的態度是功能性的，這些日常瑣事一樁樁道來，有些雖屬個人特殊癖性，卻也不乏普泛性的家庭生活場景示現。散文的畫龍點睛之筆，在於文末陳黎始藉由父親與「我」的關係，映照「我」與女兒的關係，從而指出每一個人都是其他人的壁紙、其他人的家具，「存而不在，又無所不在」的家人關係，就是生活的實相。

本文值得注意之處在於作者行文的「語調」，家人之間關係的疏離，一方面來自於真實的家庭

事件，另一方面則源於作者刻意採用的腔調。陳黎先是以淡漠的語調，加入「我不知道他和我的世界有什麼要聯絡」、「我當然不會去掃那些墳墓」等按語；其次甚至以略顯輕蔑的語調，表達他如何看不起父祖所為的一切曾經。然而，另有一種自嘲的語調隱藏在字裡行間，當他將父親的回憶錄去蕪存菁、廢物利用時；當他用蜻蜓點水的方式「有效率」地往父土一探究竟之際，相關陳述都透顯了自我的膚淺與功利。有趣的是，在自嘲中作者亦並無懺悔之意，只是如實呈現了某種親子關係的存在樣態。

陳黎，一九五四年生，本名陳膺文，臺灣師範大學英語系畢業。著有詩集，散文集，音樂評介集凡二十餘種。譯有《辛波絲卡詩集》、《拉丁美洲現代詩選》等二十餘種。曾獲國家文藝獎，吳三連文藝獎，時報文學獎敘事詩首獎、新詩首獎，聯合報文學獎新詩首獎，台灣文學獎新詩金典獎，梁實秋文學獎翻譯獎等。二〇〇五年獲選「台灣當代十大詩人」。二〇一二年獲邀代表台灣參加倫敦奧林匹克詩歌節。二〇一四年受邀參加美國愛荷華大學「國際寫作計畫」。二〇一五年受邀參加雅典世界詩歌節，新加坡作家節以及香港「國際詩歌之夜」。二〇一六年受邀參加法國「詩人之春」。

父後七日

劉梓潔

今嘛你的身軀攏總好了，無傷無痕，無病無煞，親像少年時欲去打拚。

葬儀社的土公仔虔敬地，對你深深地鞠了一個躬。

這是第一日。

我們到的時候，那些插到你身體的管子和儀器已經都拔掉了。僅留你左邊鼻孔拉出的一條管子，與一只虛妄的兩公升保特瓶連結，名義上說，留著一口氣，回到家裡了。

那是你以前最愛講的一個冷笑話，不是嗎？

聽到救護車的嗚笛，要分辨一下啊，有一種是有醫～有醫～，那就要趕快讓路；如果是無醫～無醫～，那就不用讓了。一干親戚朋友被你逗得哈哈大笑的時候，往往只有我敢挑戰你：如果是無醫，幹嘛還要坐救護車?!

要送回家啊！

你說。

所以，我們與你一起坐上救護車，回家。

名義上說，子女有送你最後一程了。

上車後，救護車司機平板的聲音問：小姐你家是拜佛祖還是信耶穌的？我會意不過來，司機更直白一點：你家有沒有拿香拜拜啦？我僵硬點頭。司機倏地把一卷卡帶翻面推進音響，南無阿彌陀佛南無阿彌陀佛南無阿彌陀佛南無阿彌陀佛。

那另一面是什麼？難道哈利路亞哈利路亞哈利路亞哈利路亞?!我知道我人生最最荒謬的一趟旅程已經啟動。

（無醫～無醫～）

我忍不住，好想把我看到的告訴你。男護士正規律地一張一縮壓著保特瓶，你的偽呼吸。相對於前面六天你受的各種複雜又專業的治療，這一最後步驟的名稱，可能顯得平易近人許多。

這叫做，最後一口氣。

到家。荒謬之旅的導遊旗子交棒給葬儀社、土公仔、道士，以及左鄰右舍。（有人斥責，怎不趕快說，爸我們到家了。我們說，爸我們到家了。）

男護士取出工具，抬手看錶，來！大家對一下時喔，十七點三十五分好不好？

好不好？我們能說什麼？

好。我們說好。我們竟然說好。

虛無到底了，我以為最後一口氣只是用透氣膠帶黏個樣子。沒想到拉出好長好長的管子，還得劃破身體抽出來，男護士對你說，大哥忍一下喔，幫你縫一下。最後一道傷口，在左邊喉頭下方。

（無傷無痕。）

我無畏地注視那條管子，它的末端曾經直通你的肺。我看見它，纏滿濃黃濁綠的痰。

（無病無煞。）

跪落！葬儀社的土公仔說。

我們跪落，所以我能清楚地看到你了。你穿西裝打領帶戴白手套與官帽。（其實好帥，稍晚蹲在你腳邊燒腳尾錢時我忍不住跟我妹說。）

腳尾錢，入殮之前不能斷，我們試驗了各種排列方式，有了心得，折成L形，搭成橋狀，最能延燒。我們也很有效率地訂出守夜三班制，我妹，十二點到兩點，我哥兩點到四點。我，四點到天亮。

鄉紳耆老組成的擇日小組，說：第三日入殮，第七日火化。

半夜，葬儀社部隊送來冰庫，壓縮機隆隆作響，跳電好幾次。每跳一次我心臟就緊一次。

半夜，前來弔唁的親友紛紛離去。你的菸友，阿彬叔叔，點了一根菸，插在你照片前面的香爐裡，然後自己點了一根菸，默默抽完。兩管幽微的紅光，在檀香裊裊中明滅。好久沒跟你爸抽菸了，反正你爸無禁無忌，阿彬叔叔說。是啊，我看著白色菸蒂無禁無忌矗立在香灰之中，心想，那正是你希望。

第二日。我的第一件工作，校稿。

葬儀社部隊送來快速雷射複印的訃聞。我校對你的生卒年月日，校對你的護喪妻孝男孝女胞弟胞妹孝姪孝甥的名字你的族繁不及備載。

我們這些名字被打在同一版面的天兵天將，倉促成軍，要布鞋沒布鞋，要長褲沒長褲，要黑衣服沒黑衣服。（例如我就穿著在家習慣穿的短褲拖鞋，校稿。）來往親友好有意見，有人說，要不要團體訂購黑色運動服？怎麼了?!這樣比較有家族向心力嗎？

如果是你，你一定說，不用啦。你一向穿圓領衫或白背心，有次回家卻看到你大熱天穿長袖襯衫，忍不住虧你，怎麼老了才變得稱頭？你捲起袖子，手臂上埋了兩條管子。一條把血送出去，一條把血輸回來。

開始洗腎了。你說。

第二件工作，指板。迎棺。乞水。土公仔交代，迎棺去時不能哭，回來要哭。這些照劇本上演的片場指令，未來幾日不斷出現，我知道好多事不是我能決定的了，就連，哭與不哭。總有人在旁邊說，今嘛毋駛哭，或者，今嘛卡緊哭。我和我妹常面面相覷，滿臉疑惑，今嘛，是欲哭還是不哭？（唉個兩聲哭個意思就好啦，旁邊又有人這麼說。）

有時候我才刷牙洗臉完，或者放下飯碗，聽到擊鼓奏樂，道士的麥克風發出尖銳的咿呀一聲，查某囝來哭！如導演喊action！我這臨時演員便手忙腳亂披上白麻布甘頭，直奔向前，連爬帶跪。

神奇的是，果然每一次我都哭得出來。

第三日，清晨五點半，入殮。葬儀社部隊帶來好幾落衛生紙，打開，以不計成本之姿一疊一疊厚厚地鋪在棺材裡面。土公仔說，快說，爸給你鋪得軟軟你卡好睏哦。我們說，爸給你鋪得軟軟你卡好睏哦。（吸屍水的吧?!我們都想到了這個常識但是沒有人敢說出來。）

子孫富貴大發財哦。有哦。子孫代代出狀元哦。有哦。子孫代代做大官哦。有哦。唸過了這些，終於來到，最後一面。

我看見你的最後一面，是什麼時候？如果是你能吃能說能笑，那應該是倒數一個月，爺爺生日的聚餐。那麼，你跟我說的最後一句話是什麼？無從追考了。

如果是你還有生命跡象，但是無法自行呼吸，那應該是倒數一日。在加護病房，你插了管，已經不能說話；你意識模糊，睜眼都很困難；你的兩隻手被套在廉價隔熱墊手套裡，兩隻花色還不一樣，綁在病床邊欄上。

攏無留一句話啦！你的護喪妻，我媽，最最看不開的一件事，一說就要氣到哭。

你有生之年最後一句話，由加護病房的護士記錄下來。插管前，你跟護士說，小姐不要給我喝牛奶哦，我急著出門身上沒帶錢。你的妹妹說好心疼，到了最後都還這麼客氣這麼節儉。

你的弟弟說，大哥是在虧護士啦。

第四日到第六日。誦經如上課，每五十分鐘，休息十分鐘，早上七點到晚上六點。這些拿香起起跪跪的動作，都沒有以下工作來得累。

首先是告別式場的照片，葬儀社陳設組說，現在大家都喜歡生活化，挑一張你爸的生活照吧。我與我哥挑了一張，你蹺著二郎腿，怡然自得貌，大圖輸出。一放，有人說那天好多你的長輩要來，太不莊重。於是，我們用繪圖軟體把腿修掉，再放上去。又有人說，眼睛笑得瞇瞇，不正式，應該要炯炯有神。怎麼辦?!我們找到你的身分證照，裁下頭，貼過去，終算皆大歡喜。（大家圍著我哥的筆記型電腦，直嘖嘖稱奇：今嘛電腦蓋厲害。）

接著是整趟旅程的最高潮。親友送來當作門面的一層樓高的兩柱罐頭塔。每柱由九百罐舒跑維他露P與阿薩姆奶茶砌成，既是門面，就該高聳矗立在豔陽下。結果曬到爆，黏膩汁液流滿地，綠頭蒼蠅率隊占領。有人說，不行這樣爆下去，趕快推進雨棚裡，遂令你的護喪妻孝男孝女胞弟胞妹孝姪孝甥來，搬柱子。每移一步，就砸下來幾罐，終於移到大家護頭逃命。尚有一項艱難至極的工作，名曰公關。你龐大的姑姑阿姨團，動不動冷不防撲進來一個，呼天搶地，不撩撥起你的反服母及護喪妻的情緒不罷休。每個都要又拉又勸，最終將她們撫慰完成一律納編到摺蓮花組。

神奇的是，一摸到那黃色的糙紙，果然她們就變得好平靜。

三班制輪班的最後一夜。我妹當班。我哥與我躺在躺了好多天的草蓆上。（孝男孝女不能睡床。）

我說，哥，我終於體會到一句成語了。以前都聽人家說，累嘎欲靠北，原來靠北真的是這麼累的事。

我哥抱著肚子邊笑邊滾，不敢出聲，笑了好久好久，他才停住，說：幹，你真的很靠北。

第七日。送葬隊伍啟動。我只知道，你這一天會回來。不管三拜九叩、立委致詞、家祭公祭、扶棺護柩，（棺木抬出來，葬儀社部隊發給你爸一根棍子，要敲打棺木，斥你不孝。我看見你的老爸爸往天空比劃一下，丟掉棍子，大慟。）一有機會，我就張目尋找。

你在哪裡？我不禁要問。

你是我多天下來張著黑傘護衛的亡靈亡魂？（長女負責撐傘。）還是現在一直在告別式場盤旋的那隻紋白蝶？或是根本就只是躺在棺材裡正一點一點腐爛屍水正一滴一滴滲入衛生紙滲入木板？

火化場，宛如各路天兵天將大會師。領了號碼牌，領了便當，便是等待。我們看著其他荒謬兵團，將他們親人的遺體和棺木送入焚化爐，然後高分貝狂喊：火來啊，緊走！火來啊，緊走！

我們的道士說，那樣是不對的，那只會使你爸更慌亂更害怕。等一下要說：爸，火來啊，你免驚惶，隨佛去。

我們說，爸，火來啊，你免驚惶，隨佛去。

第八日。我們非常努力地把屋子恢復原狀，甚至習俗中說要移位的床，我們都只是抽掉涼蓆換上床包。

有人提議說，去你最愛去的那家牛排簡餐狂吃肉（我們已經七天沒吃肉）。有人提議去唱好樂迪。但最終，我們買了一份蘋果日報與一份壹週刊。各臥一角沙發，翻看了一日，邊看邊討論哪裡好吃好玩好腥羶。

我們打算更輕盈一點，便合資簽起六合彩。08。16。17。35。41。

農曆八月十六日，十七點三十五分，你斷氣。四十一，是送到火化場時，你排隊的號碼。

（那一日有整整八十具在排。）

開獎了，17、35中了，你斷氣的時間。賭資六百元（你的反服父、護喪妻、胞妹、孝男、兩個孝女共計六人每人出一百），彩金共計四千五百多元，平分。組頭阿叔當天就把錢用紅包袋裝好送來了。他說，台彩特別號是53咧。大家拍大腿懊悔，怎沒想到要簽?!可能，潛意識裡，五十三，對我們還是太難接受的數字，我們太不願意再記起，你走的時候，只是五十三歲。

我帶著我的那一份彩金，從此脫隊，回到我自己的城市。

有時候我希望它更輕更輕。不只輕盈最好是輕浮。輕浮到我和幾個好久不見的大學死黨終於在搖滾樂震天價響的酒吧相遇我就著半昏茫的酒意把頭靠在他們其中一人的肩膀上往外吐出煙圈順便好像只是想到什麼的告訴他們。

欸，忘了跟你們說，我爸掛了。

他們之中可能有幾個人來過家裡玩，吃過你買回來的小吃名產。所以會有人彈起來又驚訝又心疼地跟我說你怎麼都不說我們都不知道？

我會告訴他們，沒關係，我也經常忘記。

是的。我經常忘記。

於是它又經常不知不覺地變得很重。重到父後某月某日，我坐在香港飛往東京的班機上，看著空服員推著免稅菸酒走過，下意識提醒自己，回到台灣入境前記得給你買一條黃長壽。

這個半秒鐘的念頭，讓我足足哭了一個半小時。直到繫緊安全帶的燈亮起，直到機長室廣播響起，傳出的聲音，彷彿是你。

你說：請收拾好您的情緒，我們即將降落。

——選自《父後七日》，寶瓶出版，二〇一〇

●——○ **筆記／石曉楓**

〈父後七日〉於二〇〇六年榮獲林榮三文學獎散文獎首獎，二〇一〇年由王育麟、劉梓潔共同執導，改編為同名電影。電影在散文內容的基礎上，增添了角色與其他情節線，亦可以參看。

劉梓潔曾自述當年準備以此素材入文時，翻閱了不少道教葬禮儀式的相關書籍，但嘗試引用經文後，顯得相當掉書袋，最後琢磨出以荒謬手法實寫葬禮儀式、以笑寫淚的悼亡書寫，遂因此開發出全新的表現形式。在技巧方面，本文對於閩南語的使用相當具有草根性與在地感。而穿插其間

的「名義上說」、「累嘎欲靠北」等嘲諷與雙關語調，更使全文瀰漫了黑色幽默式的喜感。在標點符號的使用方面，括號內的文字如「無傷無痕」、「無病無煞」的重複，「唉個兩聲哭個意思就好啦」的紀實，則更增添了旅程的荒謬感，以及荒謬下的實相與悲涼。在父後七日的行程裡，作者以今昔交錯的書寫片段，撐起回憶中父親痛苦卻不失幽默的形貌，那些關於亡者的神情笑貌與性格刻畫，與全文的基礎調性也相當合拍。

作者善於掌握情緒的張弛力度，關於父後七日荒謬之旅的漫長書寫，其實都為了映襯之後的「第八日」。第八日以後，情緒開始出現快速的震盪，輕盈、輕浮與刻意遺忘乃為「收」拾情緒；飛行旅程中的痛哭再度讓情緒「放」縱；而最後「請收拾好您的情緒，我們即將降落」則是漂亮的「收」束。對應大篇幅的荒謬七日，七日後的無數時日，以極短篇幅集中書寫情緒的震盪，因此能逼出爆裂式的共感效果。

劉梓潔，一九八〇年生，彰化人。臺灣師範大學社教系新聞組畢業，清華大學台灣文學研究所肄業。曾任《誠品好讀》編輯、琉璃工房文案、中國時報開卷週報記者。曾獲聯合文學小說新人獎、林榮三文學獎散文首獎，並擔任同名電影編導，於二〇一〇年贏得台北電影節最佳編劇與金馬獎最佳改編劇本。近年並跨足電視，擔任《徵婚啟事》、《滾石愛情故事》編劇統籌。著有散文集《父後七日》、《此時此地》、《愛寫》、《化城》；短篇小說集《親愛的小孩》、《遇見》；長篇小說《真的》、《外面的世界》、《自由遊戲》、《希望你也在這裡》。現為專職作家、編劇。

答問

柯嘉智

你觀察自己的身體、聆聽心音和川流不息的血脈麼？

這般具體可感知可撫觸的皮囊，於我始終是不可知的神祕宇宙。藉著學生時代的生物、健教課程，幾張抽屜夾層中逾期捨不得還的A片，乃至書店裡圖文並茂將你我解構的各色書報叢刊，我窺探諸多這宇宙的歷史、結構，傾聽它密碼一般的訊息。比如像我這樣一個二十五歲中等骨架身高一百六十五公分的成年男子，理想體重當為五十五點八至六十七點六公斤（包括二點三公斤的衣服）——這是某家美商人壽保險公司在一九八三年發表的數據；好奇怪像我這樣一個五十九點四公斤體重再標準不過的東方男子，卻和經科學家測試發現獨處於房間的肥胖者一樣，對時間的感覺迥異於常人：時間的流逝往往遠比我輩感受到的還要飛快。

再比如根據美國心理學家謝爾登（William Herbert Sheldon）所提出的體態分類法，我的外型比例大約是偏內胚的中間體態，這樣的體型按謝爾登的說法，大都「耽於身體的享樂，極需贊同與關愛，遭遇困難時會尋求他人的協助」。

我當然不否認自己也需要啦啦隊，偶爾不可自拔地貪戀錦衣佳餚和美麗的靈魂，可我以為自己更接近不易社會化、行為隱密、遇到逆境傾向孤立獨處的外胚者。

又比如從坊間琳瑯滿目其實千篇一律的房中術和海內外各級鹹濕片，不免地我也耳濡目染了許多古老或古怪的性愛技巧，只是對於像我這樣一個羞赧不具侵略性，喜歡跑步因而逐漸習慣寂寞的男子，似乎，並沒有多大的用武之地。

鏡頭下繁複的體位和無休止的活塞運動，亢奮之餘我總是感到莫名的惶惑與憂傷。

就像史奴比漫畫裡的萊勒斯再也離不開他的毛毯，告別了吸吮的口腔期，母親一面直徑約十公分外嵌黑色橡膠圈的小圓鏡，便取代了奶嘴的地位和我形影不離。

在那般心智猶自蒙昧，腦皮質層極待累積審美經驗的孩提時代，我自然不能區辨約定俗成的美醜，當然也就不致因為自己日後注定太窄的額頭、太稀的眉毛、太厚的嘴唇、太寬的顱面和太柔軟的心腸而懊惱沮喪，我反倒在局部的鏡中反影裡自給自足；彷彿有一根透明的繩索，懸繫鏡子裡外兩個對稱相反的宇宙，唯有馳騁想像能保持驚險的平衡，一場安靜的馬戲。

局部的五官，局部的肢體，局部的顏色構建了我幼年的局部世界與記憶。

年齡稍長，我懂得同時使用兩面鏡子拓展雙目所及有限的視界，以便更能全般地觀察自己。可就像文字語言愈書寫愈反覆吟誦，似乎就愈啟人疑竇，彷彿它們的造型發音，教時間簾幕後的竊賊給暗中換成贗品；鏡裡鏡外面面相覷時，每每教我無端毛骨悚然，這便是我麼？我飛快瞄了瞄四周，可除了自己沒有旁人呀！我繼續移動手中的小圓鏡，讓鏡像反影在穿衣鏡裡，鏡中的我端詳鏡中的鏡中的我，有著類似偷窺的顫怖和亢奮。

一如同年紀無甚性別意識的男女生，玩著一些簡單反覆的遊戲樂此不疲，我耽溺於光影的迷藏，兩面鏡子無限延展的視窗伴我度過了許多寂寥的辰光。

令我驚異的，是每天都能發見些許細微的改變，有時候本來不存在的黑痣卻明目張膽一夕間冒了出來，後腦勺幾根少年白髮像枯草，眼角水晶體突然從此多了一絡絳紅色的血絲，還有肚臍眼竟已堆蓄了深深的泥垢；我且用感冒糖漿的空瓶收藏指甲、指甲周邊角質化的硬皮、鼻屎眼脂體垢還有毛髮頭皮屑，我嗅聞著它們在時間的死角默默發散出新鮮的腐敗氣息。

即使在好久以後，我終於了解金錢會貶值、物事會壞空、深情會褪色、再鮮美的身體終要腐朽，所以收藏不過是一項徒增傷感的癖好時，那股氣味仍頑固地典藏在夢境與夢境的褶縫間，同文字一般撫摩過時間的皺紋。

入梅一般潮熱的青春期。

身體的劇烈轉變令我無比驚駭，那些一不留意便打從唇畔、腿肚、腋下、腹底悄悄竄生的離離毛髮，如野草堅韌抽長。我仍舊在眾人裡安靜地遊戲讀書，多麼盼望能與人談談我們正蛻變的靈魂和身體，可除了鏡子和書本，我看不到一扇打開的窗，至於那些在我載浮載沉時急急漂來的善意的浮木，卻因為我莫名的矜持迴避，只得依依錯身遠去。

世界萎縮成鏡屋裡失語的我和喧譁的方塊字，其他的人在世界外面竊竊私語，其他的人都只是旁人。

提早出現的第二性徵深深困擾我，多數人會為了仍不明顯的性徵而憂鬱，我卻一點兒也不曾感到自得，關於長大成人這一件事以及冗長繁複的通過儀式，我有著不可名狀的恐懼。

唯一能和我袒裎相對並且慷慨傾聽的，仍是鏡鑑裡那隻不知天高地厚的書蠹。

我已經失去收藏的興趣，當然也不再採集自己的身體，可探索依舊持續著，我窺探那些多年來被有意或無心忽略，經過青春期的洗禮後默默孕育成形的神祕境地：

繁蕪的草原，明迷的湖泊，黝深的洞穴，矗立的噴泉，以及通往世界的每一個出口，構築成巨大的神祕花園。

你可以想見當我讀到埃利森（Ralph Ellison）的《隱形人》（*Invisible Man*, 1952）時，該是何等震動；令我感同身受的，並非黑人的文化如何在白人文明的壓迫下消蹤滅跡，而是如果我變成一個肌膚透明的人，一百面鏡子再也映照不出我的容身之地，局部的世界無限延展的時空裡，一縷輕風都比我的存在更具方向重量，一種等同死亡卻更要暴虐尷尬的處境。

不同的民族藉著不同的儀式和典禮，象徵個人在群體中身分地位的改變，比如諸多原始部落藉割禮、刺青、禁食、隔離作為通往成年的象徵儀禮，在克服痛苦恐懼的過程中，童年人格死亡而成年人格於焉新生。當成人社會頻頻向我召喚以繁複的儀禮時，我則藉文字和鏡子藏身於祕密的花園，在扶疏草葉間，固執地豢養正一點一點緩緩衰老的童年。

閱讀和照鏡子成為私密頻複的儀式，我不自知地藉以抗拒成年的新生乃至於逆轉童年的死亡，渾然不了解這命定是一場徒勞的拔河。

肉體和靈魂的意志互相扞格，於是我維護了成年後理當拋卻或漸漸失去因而顯得造作的天真，這樣的天真表徵於外，則是對一切粗糲人事充滿一廂情願的期待，對於從傳播媒體認知得來的遠方有著太純粹美好的憧憬——直到我不得不離開象牙塔去到現實的荒漠。

都說不曾經歷行伍洗禮的男兒無法蛻變成頂天立地的男子漢。

受訓地點在陸軍步兵學校，漫長的夏天結束以前，我和其他的預備軍官須得充實本職學能培養滿腔的革命情操。

依然是不具現實感的學生，室內課教官講授領導統御，我竊聽著呶呶不休的葉甫圖申科（**Yevgeny Yevtushenko**），且在手記上一字不漏地抄錄《漿果處處》（*Iagodnye mesta*, 1981）書中「完全忘了自己身在何處」的齊奧爾科夫斯基說的：

「我信仰沒有國家、沒有國界標樁、沒有軍隊、沒有警察局、沒有剝削、沒有金錢的世界……」

室外課，當我們在巒疊的步校腹地搜索看不見的敵軍，我則背誦新加坡詩人黃廣青的《受難前書》，抵擋烈日。

花冠萎謝了，光逐漸熄滅，衣裳不復清潔，身體也蒸發出腥羶的汗臭，我仍遊蕩於文字的殿堂甘之如飴。

我始終記得一回在舊彈藥庫演習「住民地攻擊」，午休時分，野戰教室旁樹蔭下，幾個士官白汗衫草綠褲，互相以手足以肚腹為枕被，沉睡於小小一匹帆布，托馬斯・曼（Thomas Mann）的《威尼斯之死》（*Der Tod in Venedig*, 1912）忽爾浮現腦海，我彷若看見美少年行走霍亂疫區，成為一個清潔的風景。

原本持握武械的手足撫摩彼此安詳的眠顏——我跟隨中隊一面答數前進一面回頭張望他X的就是止不住滾燙的淚意。

大抵上我並不覺得苦，反而勞動使我意外地獲得與文字迥然不同的釋放。

當然沒有太多的時間可以像學生時代揮霍無度，但我還是趁刮鬍子、晚點名後的短暫空檔跟鏡子彼方的那人問聲好，我的花園依舊盛放。

可我究竟察覺到了一些不同，不只是大量的時間被切割被支配所造成的焦慮和混亂，還有當時間分分秒秒地逝去是這般可真切感知，好像身體的一部分從此斷裂愈離愈遠。

在這之前，時間華奢得教人百無聊賴，可以做最漫長不知所以的等候，可以在鏡子前文字裡，在冗長無盡的時間幻化的光影中，跳一支又一支的雙人舞，永不疲憊。

搭乘五二四軍艦，經東引、馬祖換乘渡船，我去到一座三平方公里舊名西犬的海島。白晝仍見秋日的毒熱，夜晚凜冽的海風已宣告冬天到臨。

我尾隨傳令兵，穿行過墨黑的子夜裡盛開的野菊和龍舌蘭來到海防哨。哨所裡打牌喝酒的上兵們駝紅著臉，似笑非笑朝我和塞了近二十本書的大背包睨了一眼。

把行李歸定位，我才發現隨身攜帶的小圓鏡碎裂在背包的夾層中。

彷彿在縫合誰的屍塊，我一邊吸著鼻子一邊把它盡可能拼回原來的模樣，幽黃的燈泡底下每一塊鏡片像是昆蟲的複眼，映現出局部的再也無法統合的世界。

哨所裡找不到膠布，我兀自發怔，雙手未經通報便自作主張把它擲出射口，我木愣愣看它落海之前彷彿曾經自濃霧中折射一絲薄寒的光。躺回床鋪，海風呼喝裡我聆聽自己胸臆間的心跳，有奇異的興奮宛如潮水一遍遍地翻攪。

還有文字得以相依。

我仍舊閱讀、書寫，然而到底不同了，我再也不能蜷縮在方塊字的圍城裡無名目地抵擋全世界，人事的轇轕無孔不入，像吹南風時碉堡反潮的水滴，我濕答答的文字沒有傾崩瓦解，只是慢慢模糊洇開。

即使是離島上形同虛設的假日，卸下值星帶，以為終於能夠找到一處遮蔭，安靜地讀一節清涼的詩，仍有醉酒的兵顛倒走來，一雙迷離的眼一顆破碎的心，手裡攥著海那頭女子捎來的抱歉的信。

索性就闔上書本了。努力地思量該說些鼓舞士氣的話，屆退的兵揉著信團的拳頭向藍天伸出食指，自顧自地說看見了沒有，叫定風鳥……

我瞇眼眺望，天空像一面澄湛的圓鏡，一隻孤獨的鷹隼雙翅獵獵翻撲，定止在牠自己的位置。

收假時間，值星班長吹起集合哨，我整肅儀容步出遮蔭，披上值星帶，熾烈的日光剎時便逼出一頭臉的汗。

值星班長點完名把部隊交給我，我怔怔看著眼前多數和自己一樣未脫稚氣的臉，想到不久前還在鏡子和文字的迷宮裡耽溺著的潘彼得，我並不懸念，我只是耿耿於懷。

——選自《告別火星》，九歌出版，二〇〇五

●————○ **筆記／石曉楓**

這是篇微帶感傷的青春書寫，以問起筆（「你觀察自己的身體、聆聽心音和川流不息的血脈

麼？」），以「窺視」行文，所窺所視即認識自我的過程。文中沉默的男孩走過成長期，端賴二物認識自我：鏡子作為局部的反影，在如真似幻的光影迷藏間，讓「我」足以辨識身體特徵；稍長，文字則成為映照心靈的精神媒介。

似乎只要有鏡子和文字相伴，「我」便可以在個人的小世界裡悠然自得。宅到極致，「我」且會「用感冒糖漿的空瓶收藏指甲、指甲周邊角質化的硬皮、鼻屎眼脂體垢還有毛髮頭皮屑」，顯見男孩逕自對著肚臍眼說了很多話；而即使與文字／文學相知，彼此應和的，也是一場寂寞的雙人舞。男孩似乎執著於藉由身體與靈魂的清明，保證自我的純粹童真，但純真年代終將被打破，進入行伍後生活起了變化，文字逐漸漫漶，鏡子也碎裂消失。唯失去局部的映照後，廣大的天空反而映照出完整的真實，那是一隻孤獨的鷹隼定止在牠自己的位置。

這便是「自我」的形象化辨認了。全文始終戀慕著純美的少年形象，然而成長的意義，就是艱難地認識到，人無法永遠安然存活在單純不被打擾的小宇宙裡。成長的必經儀式，正是在孤獨中一步步走向成人，那也是潘彼得逐漸遠離的過程。柯嘉智用細密沉靜的文字，營造出行文間沉默哀傷的氛圍，而所謂「答問」，所答當即自我對「成長之謎」的扣問。

柯嘉智，華瀚保經——事業部總監，國立高科大財金學院博士生，第6屆台灣最佳財務策畫師冠軍。曾獲第4屆梁實秋文學獎散文首獎、第18屆聯合報文學獎散文首獎、第6屆金車現代詩獎首獎。著有散文集《告別火星》；詩集《格林威治以外的時間》。

蝸牛

李勇達

「要升三年級了，你不能再這麼慢吞吞了。」小學二年級放暑假前鬈毛歐巴桑班導師這樣告誡我。

學校有很多麻雀，圓滾滾的棕色鳥兒在青綠色的草坪上跳來跳去。飛機轟轟經過，麻雀們嘰嘰喳喳散開。我常望著窗外思考，如果我的反應跟麻雀一樣快就好了。「6號！6號你又在發呆，老師剛剛講到哪？」看我支支吾吾反應不過來，老師下令：「到後面罰站，不要擋到同學聽課，走快點。」

我什麼時候才能長大，什麼時候才會變快呢？

一天下午大雨剛過，老師說把地板拖乾就好，我拿乾拖把亂揮一通就認定自己完成了工作，出去追麻雀。我果然很慢，把麻雀都嚇飛了一根毛也沒抓到。但我在草叢裡發現了比我更慢的生物，小蝸牛。

小蝸牛的殼很薄，顏色像指甲一樣透明中帶著一點淡黃，柔軟的身體在葉子上蠕動，觸角末梢有兩顆小眼睛，眼睛底下還有一對像鬍子的觸角。

盯著小蝸牛爬和看著雲飄一樣有趣，每一秒都以為牠們沒在動，要到下一分鐘才會發覺牠們已經從一個地方移動到另外一個地方了。真像在變魔術。如果可以像蝸牛一樣緩慢移動，玩一二三木頭人的時候一定不會被抓到。

雲太高了我摸不到，但我摸得到蝸牛。上課鐘響前我抓了一隻小蝸牛回教室。

掃地時間之後是班會和作文課。我把左手藏在桌面下，讓小蝸牛待在我手掌心。我告訴牠安全了，可以出來了，牠就從半透明的殼裡伸出兩隻眼睛，左探右探。牠一定覺得這片五爪葉子很奇怪，怎麼會熱熱的，聞起來一點都不好吃。牠背起殼往外爬，想逃出我的掌心。

蝸牛的肚子觸感冰涼，雖然牠爬過的地方會留下鼻水般的黏液，但因為牠跟我一樣慢吞吞，所以我喜歡牠。我讓牠爬過我的生命線、智慧線、感情線。當牠爬到我虎口時，我把手掌翻過來讓牠爬到手背上，當牠爬到我手背的盡頭時，我就再把手掌翻回來讓牠兜圈子。

「6號！你又在底下玩什麼？交出來！」糟糕，被老師發現了。我趕緊把雙手藏進抽屜甩掉小蝸牛，再抓一塊檸檬香水橡皮擦代替。老師說：「手伸出來我看。」我照做。老師說：「橡皮擦也能玩，放到講桌上，放學再來領。」我照做，蒙混過關。

閃電，雷聲，放學前忽然又下起第二場大雨。一些同學摀著耳朵，另一些看起來很興奮。

雲幾乎壓在樹上，池塘的水都在跳舞，麻雀躲進樹裡，大小蝸牛四處爬行。牆壁上的方形廣播傳來訓導主任的聲音，他要老師們把低年級的小朋友留在教室，等到雨小一點再一起放學。

大家把收拾好的書包放在桌上，乖乖坐著等雨停。我坐得直挺挺裝乖，一手搭著書包，另一手卻忙著在抽屜裡打撈，小蝸牛不見了。

還沒找到牠雨就停了，老師把大家趕去走廊排路隊，我只能放棄搜救。

回家的路上陽光穿過雲照在街口，大雨洗過的空氣聞起來很香，樹葉都亮亮的。太陽一點一點切到堤防，走得比蝸牛還慢。我的影子被拖得好長，像個大人。我穿著藍色小短褲，看著自己細細的腿毛發著金光，我告訴自己：「你不能再這麼慢吞吞了。」

過了個週末我一進教室就先檢查抽屜，小蝸牛還在裡頭，原來牠掉到課本後面去了所以我才撈不到。同學們陸陸續續到校，老師抱來一疊生字本坐在辦公桌前批改。我將蝸牛殼輕輕拎出來，放在淺淺的筆槽裡。牠的殼口結了一層薄膜，外殼看起來乾巴巴的。希望牠還沒死。下課以後我得趕快把牠送回草坪去。

下課鐘響，班上最常欺負我的小流氓發現了我桌上的小蝸牛。

「這個死了啦！」小流氓用食指和拇指捏著蝸牛殼，放在耳邊搖，假裝在聽聲音。我拿出所有的勇氣對他吼：「還我，不然我跟老師講。」小流氓罵了聲幹就把蝸牛殼往地上砸，接著一腳踩了上去，他像大人踩熄菸蒂那樣，在蝸牛身上扭一扭腳，然後抬起腳檢查成果。蝸牛殼像破掉的糖球，糖衣碎成一片一片沾在濕濕亮亮的爛肉上，微微抽動著。「還你啦。」小流氓說完就走出教室。

從那天起我再也不敢抓蝸牛。

升上三年級，新教室、新老師、新同學、新課本，看不懂的字變得更多，生字本的格子卻變小了。「你不能再這麼慢吞吞了。」腦袋裡有個聲音警告著我。

但三年級對我來說最困難的部分不是考卷和作業，而是要跑八百公尺的體適能測驗。新的班導吹哨，全班男生同時起跑，才過第一個彎道我就落後了。草坪上沒有麻雀，蝸牛躲在樹蔭下休眠，我肚子痛得像腸子打結，喉嚨乾得像被三秒膠黏到。剩下來的三圈半我只好慢慢走完。好幾個男生在超過我一圈的時候都送我一句：「胖子加油啊！」

女生們要等我跑完才能開始測驗，全班同學都在終點催我，大喊著：「胖子——加油，胖子——加油，胖子胖子胖子——加油加油加油。」跑道變成一隻巨大的手掌，好不容易爬到了盡頭，結果翻過一圈還有一圈，一次又一次的體適能測驗。

從八百到一千六百公尺，從國小到高中畢業，每次起跑我都以為自己有所成長，可以擺脫墊底的慘況，但我始終保持最後一名。後來我放棄了，乾脆都用走的，同學也懶得為我打氣，女生在樹下乘涼，男生在籃下搶球，只剩拿著碼錶的體育老師一邊抖腳一邊等我。

升國三的開學體檢，我是保健室裡的重頭戲，排在我後面的幾個男生似乎在打賭，他們好奇我這巨大的身體到底有多重。

我脫下鞋子、襪子，摘下手錶，把口袋裡所有能增加重量的東西統統掏出來。空氣凝結了，大家都在等我開獎。老人百歲就叫做人瑞，我破百公斤的話，會變成什麼呢？

我背對著體重計，腳跟碰到金屬秤台的時候覺得冰冷。我併攏腳掌，以為將重心往後移就能讓體重輕一點。指針來回震盪發出卡通裡才會聽到的彈簧聲。那根針繞了世界一圈，戳中了一個數字。離我最近的A同學瞪大眼睛，在他後面B同學張大了嘴，體育股長報出我的體重，學藝股長負責把數字抄錄在我的表格，三公斤，不對，是一百零三公斤。嘴最賤的D同學大喊：「神豬！神豬！神豬出爐啦！」C同學對A說：「你看，我就說吧，他一定破百。」

我步下體重計，穿上鞋襪，戴回手錶，假裝沒事。我想起媽媽說過，「別理他們，讓對方覺得無聊，他們就不會來欺負你。」我要藏起自己的沮喪，否則神豬的綽號將黏著我直到畢業。

那幾天我故作開朗，好像破百公斤是一件比考試滿分還驕傲的事。我請同學喝福利社紅茶，跟遇見的每個人打招呼。我學會自嘲，拿自己的身材開玩笑，跟女生講話時耍笨，跟男生打球時故意跌倒。我躲進殼裡，扮演緩慢又可愛的角色。我是蝸牛，不是神豬。

蝸牛演化出螺旋狀的殼，為了躲進迂迴的居所牠必須放棄原本的左右對稱的身體，扭轉成另一種樣子。螺旋內側的器官因為受到擠壓，不斷地退化直到消失，原本呈現直線的腸道也扭了一大圈，就連神經和各種臟器的位置都因此改變。蝸牛的身體從胚胎時期開始扭轉。牠們一生注定佝僂，只能緩慢前進。

那陣子我後頸的皮膚開始增厚發黑，浮腫且布滿裂紋，無論我怎麼刷都刷不乾淨。一天午休時間，我暗戀的女同學怯怯地問我：「你洗澡的時候有洗脖子嗎？」那天晚上洗澡時，我拿菜瓜布搓脖子，搓出血來，以為這樣就可以換膚，但隔天結痂之後顏色反而更深，膚質變得更粗糙。後來我才在報紙上讀到，那叫做黑色棘皮症，是胰島素過度分泌刺激局部皮膚造成的黑色素沉澱。

每次有人問我為什麼你脖子這麼髒，是不是沒洗澡，我就會引述那篇醫生寫的文章，用專有名詞將這個徵狀從我的性格裡切割出去，告訴他們我不髒，我的身體本來就是這樣。

蝸牛的嘴裡有一萬顆牙，牙齒長在舌頭上，牠們用舔的，用刮的，把葉子磨爛送進胃裡，食物經過螺旋的胃，螺旋的腸，再螺旋地排泄出來，牠們一圈一圈長大。

我餓也吃，不餓也吃，一圈一圈發胖。大學畢業後的兵役體檢，我終於達到一百二十公斤。以後再也沒有體育課，再也沒有體適能測驗，再也沒人能逼我跑操場了。我應該要吃一頓好的，大肆慶祝才對，結果體檢完我反而非常失落，忽然想跑步。

我回到我的國小校園，操場的樣子完全沒變，但看起來比以前小很多。晚上十點，操場熄燈，瞎聊鬼扯的歐巴桑喊起孫子，赤腳跑步的歐吉桑穿上鞋子，跑道淨空，只剩我一個人。

我跨出右腳，再跨左腳，提起雙手，握著拳頭，左右左右吸吸呼呼。我是隻大蝸牛，我要推開自己結的膜，結束我的冬眠、夏眠、旱眠。我從跑道最內圈起跑，每完成一圈就往外推一個線道。我討厭在原地打轉，但我必須這樣一層一層地揭開自己。我要出來。

沒有人會催我，我可以跑得很慢，慢到能哼歌，「啊門啊前一棵，葡萄樹，啊嫩啊嫩綠地，剛發芽，蝸牛背著那，重重的殼呀，一步，一步地，往前爬。」樹上沒有黃鸝鳥，我抓不到的麻雀永遠抓不到，草叢裡有蝸牛，跑道上有我。第四圈。

樹葉發出沙沙聲，一陣晚風吹來，帶走我身上的汗氣。腦袋裡有個聲音對我說：「就要出社會了，你不能再這麼慢吞吞了。」「到底要變得多快才夠！」我反問回去，超過了跑道上童年的我。第五圈。

進入最後最大最外面的第六圈，我仰起頭吸滿氣跨大步全力衝刺。我的脂肪層隨著步伐彈跳拉扯，和肌肉層分離，一股即將脫殼的錯覺驅使我繃緊自己的一切。外面有個更輕鬆的世界，我會有一具更好的身體。最後一個彎道，我一口氣超過了那個口乾腹痛冒著冷汗肥肉抖動心有不甘故作開朗咬牙忍耐的自己。「胖子加油啊！」我聽見自己在喊。

踩過無形的終點線時，我想起那隻被我害死的小蝸牛，那年沒有掉下的眼淚嘩地一聲爆了出來。我沒有阻止小流氓，沒有將小蝸牛好好埋葬，那天我害牠碎在教室裡，卻任由螞蟻分食牠，隔天屍體不見了，我就當作一切都沒發生過。

我躺倒在操場中央，整間學校都是黑的，什麼聲音都聽不到。我浸在汗水、淚水、鼻涕之中，我的身體在地上拓出一個濕黏的大印子。

也許我一輩子都會這麼慢吞吞吧。

那晚過後我開始減肥。每當我對自己的進度感到失望時，我會想起小蝸牛，我們都需要時間累積足夠的改變，才能從一個地方移動到另一個地方，途中那些濕黏的印記，總有一天會曬乾，成為亮晶晶的足跡。

——第十二屆林榮三文學獎散文佳作

●————○　**筆記／石曉楓**

這也是篇關於成長與自我辨識的作品。李勇達的文字非常有畫面感，他工筆描摹童年學校裡那位「鬈毛歐巴桑班導師」（這應是許多人腦海裡的共同記憶），又用細膩的視覺、聽覺抒寫「雲幾乎壓在樹上，池塘的水都在跳舞，麻雀躲進樹裡，大小蝸牛四處爬行。牆壁上的方形廣播傳來訓導主任的聲音」的校園生活；而「回家的路上陽光穿過雲照在街口，大雨洗過的空氣聞起來很香，樹葉都亮亮的」，一切看來是如此美好無礙。

但其實有礙。班導師那句「你不能再這麼慢吞吞了」成為男孩永遠的夢魘，在長大免於被責罰的期盼裡，男孩發現只有蝸牛是「比我更慢的生物」。全文正寫蝸牛「為了躲進迂迴的居所牠必須放棄原本的左右對稱的身體，扭轉成另一種樣子」，側寫的是為了免於被霸凌，「我」也必須扭曲自我形貌，卑微存活。寫蝸牛螺旋內側的器官退化、臟器位置改變，對照「我」後頸的黑色棘皮症，是將生理疾病轉為心理退縮的躲藏與隱喻。寫蝸牛用嘴裡的一萬顆牙，把葉子磨爛送進胃裡，對照「我」嗜吃發胖的身軀，同樣是生理與心理病徵的雙重指涉。唯有這樣，我才能「一圈一圈長大」。

那結束兵役體檢後的跑步，無疑是一場成長儀式與自我對話，大蝸牛要推開自己結的膜，去擁有一具「更好的身體」，去看看外面「更輕鬆的世界」，大蝸牛必須為自己加油，才能擺脫「6號」那沒有名字的符碼。李勇達的文字直白，卻處處隱喻了童年創傷的承受與修復，十分動人，唯收尾稍露是小憾。

李勇達，一九八八年生，生活工作於台北。政治大學新聞學系、政大科技管理研究所畢業。曾於《聯合報》繽紛版、《BIOS Monthly》開設專欄，並改寫法國經典科幻小說《海底兩萬里》（木馬文化出版），作品入選《九歌104年散文選》。曾獲林榮三文學獎散文二獎及佳作、鍾肇政文學獎散文副獎、新北市文學獎散文二獎，及國藝會創作補助。

樂園

北朝鮮

李桐豪

飯店是荒山裡唯一的建築。入夜後，三十層樓高的氣派大樓於暗地裡綻放金色光輝，鬼魅得如一則《聊齋》。而飯店也真的叫做西山，《西山一窟鬼》的西山，當然，那與馮夢龍的鬼故事無關，純粹只是它坐落西山山頭，因而得名。西山飯店建於一九八九年，當年乃為世界青年與學生聯歡節參與者提供食宿而建，五百個房間的建築乍看方正，然而內部動線曲折而蜿蜒，二〇一〇、二〇一一、二〇一三、二〇一四，沿途數來連號房間，拐彎，又跳回二〇〇一。走廊不開燈，得摸黑找到牆上面板，打開照明，一盞燈點亮一盞燈，找到回房間的路。

要說西山飯店不文明也太武斷，房間裡除朝鮮電視台，也可收看央視和鳳凰台。打開電視，溫瑞凡雨中抱著小姨子，通姦者喃喃自語，像咒語又像催眠：「精神出軌不算真正的出軌，精神出軌不算真正的出軌，精神出軌不算真正的出軌……」今時今日北朝鮮電視可以看《犀利人妻》，攜帶手機和筆電入境也可以，唯獨裡頭不能裝載南韓影視節目。手機上網，可以，但行前說明會聽聞領隊說五天1G流量需三百塊美金，只得嚥下口水，心想五天不上網，當網路勒戒算了。然而洗澡時動念尋思：「手機沒有訊號如廢鐵，加上護照、台胞證都扣在導遊手上，萬一出了事，我在這個城市不就徹底消失了？」正這樣想，頭上日光燈光閃了一下，唰一聲停電，黑暗追上來了。

我在平壤的第三夜。

事情是這樣的：年假期間，參加六天五夜的北朝鮮旅行團，團員加領隊僅僅十一個人的迷你旅行團，卻配置了兩個導遊，普通話說得極好的金小姐和申先生。男女搭配，當然不可能是為了幹活不累，而是相互監督，嚴防對方說出不利於國家的言論。兩人連日帶我們參觀凱旋門、萬壽台銅像、南浦水壩、人民大學習堂、祖國解放戰爭勝利紀念館、國際友誼展覽館、妙香山等景點，一棟又一棟花崗岩建築，全是彎彎曲曲的動線，到後來看了什麼都搞混在一塊了。

參觀少年宮是下午發生的事，趁著記憶還新鮮，在手機上寫下種種見聞：源自蘇聯，共產國家兒童課後才藝中心，號稱三萬坪空間，一千個房間，至多可以容納五千名孩子在這裡跳舞唱歌和畫畫。自妙香山回到平壤，抵達少年宮已是傍晚，金小姐催促著得抓緊時間參觀，天黑了，外面這麼冷，該讓小朋友回家啦。簡直是房仲帶著看屋似的，這個房間打開，一群打著紅領巾的小朋友圍著石膏像素描；下一個房間打開，兒童交響樂團大鳴大放演奏著華格納《女武神》；再一個房間打開，如同打開音樂盒，十來名芭蕾舞者歡快地跳起舞，小舞者甩頭踢腿，咧嘴笑容，動作複製著動作，笑容複製著笑容，舞者也複製著舞者。沒有個別的我，只有我們。

房間，房間，始終是房間。這個房間打開，有孩子唱歌跳舞，那個房間打開，是萬邦朝貢的禮物，中國國家領導人送來象牙、俄羅斯總統送來黑熊標本，非洲某小國國王送來的刺繡……國際上被孤立的國家需要這樣一棟友誼展覽館證明他們有多受歡迎。房間複製著房間，導覽複製著導覽，解說像咒語又像催眠：「這個少年宮（圖書館、禮品館），原定三年（五年、十年）完成，但軍民感念金日成主席（金正日將軍，金正恩元帥），軍民上下一心，不眠不休地趕工，不到一年時間就完成了。建築裡有一千個房間（三千、五千），可以展示三千萬本書（十萬種武器、一百萬種禮物），全部看完要十天（一個月，一年）」，括弧可以填上任何的景點，觀光客只需要走進房間，把自己放進括弧裡，拍照，填空，然後離開。括弧的房間是花崗岩打造，冰寒如冰箱，打開是明亮豐饒的幸福生活，關起門則是永恆的黑暗。

我們在彎曲的走廊裡兜兜轉轉，迎面走來一個小小芭蕾舞者，往洗手間的方向走去。小女孩臉上沒有剛剛在房間裡看到的快樂笑容，只是低著頭，快步通過。陸續參觀了幾個房間，然而更多沒有打開的房間裡是什麼？可會是《平壤水族館》、《我們最幸福》裡脫北者對大饑荒不堪回首的回憶？北朝鮮一九四八年建國後，仰賴蘇聯援助的特惠糧食度日，九一年蘇聯解體，老大哥自顧不暇，又逢一九九五年水患，天災加上人禍，等於四年饑荒。饑荒是無法直呼其名的佛地魔，官方報紙不肯面對現實，略略提到國家有狀況，號召民眾像金日成當年率領抗日游擊隊在滿洲同日本軍隊鬥爭一樣，進行一次「苦難的行軍」。此後，「苦難的行軍」變成饑荒代名詞。由於鎖國，學者們從不同的文獻交叉比對，死亡人數從二十四萬至三百萬，眾說紛紜。

彼時，百姓以松樹樹皮磨成細粉取代麵粉，從農村動物的排泄物中挑出未被消化的玉米粒果腹。當年任教於幼稚園的脫北者美蘭說，孩子沒法帶午餐上課，上課時總趴在桌上睡覺，臉頰貼緊木桌，她扶起孩子的臉，孩子腫脹的眼皮緊閉著，頭髮散落在她手上，摸起來粗糙而脆弱。孩子隔天就沒來上課，永遠地消失，也沒人有力氣問為什麼，「**一九九〇年代的北韓，為了生存下去，人們必須狠下心不跟別人分享食物。為了不讓自己發瘋，必須裝做漠不關心。**」饑荒開始的時候，美蘭班上有五十個學生，三年後，只剩下十五個。

脫北者宋太太說，兒子因營養不良住院，醫生寫了一張盤尼西林處方箋，當她到市場時才發現藥價高達五十圓朝鮮幣，相當於一公斤的玉米的價格，在盤尼西林和玉米之間，宋太太選擇了玉米，她活下來了，餘生活在內疚中。災難結束了嗎？網路上讀到二〇一三年北韓有男人殺子果腹的消息，內容農場新聞真假難辨，桌上熱騰騰的飯菜堵住了我們要說出口的疑惑。餐桌上，有人蔘雞，有平壤冷麵，有玉米煎餅，一桌人吃得眉開眼笑，說此處口味清淡，不油不辣，適合台灣人。席間有少女歌舞表演助興，唱〈阿里郎〉，牆上懸掛著金日成和金正日肖像，微笑看著這一切。

金氏父子的笑容無所不在，笑容在餐廳、地鐵、少年宮高高懸掛的肖像上，笑容在萬壽台廣場銅像臉上，銅像建於一九七二年，金日成主席六十大壽之際。抵達平壤第一件事即是到萬壽台獻花和鞠躬，金小姐說：「金日成主席是國家的父親，黨是媽媽，我們都是北朝鮮的孩子，遠行的男女出門或歸來都要來此秉告爸爸。曾經有一名外國記者在這裡看到一個小男孩鞠躬，就問男孩這銅像多重啊？欸，也沒人教這個小男孩，但他就說，北朝鮮全體上下把熱愛主席的心臟挖出來的總和就是銅像的重量。」金小姐說到激動處，嗓子都啞了，簡直都快哭出來了。

景點複製著景點，導覽複製著導覽，這一天，遊覽車繞過了萬壽台（每天早上都會繞到這裡來，無一天例外！！！），然後開往板門店。我們被帶去參觀共同警備區、參觀韓戰停戰談判簽字的地方，也去看了絕筆紀念碑。金小姐這次真的是哭出來了：「一九九四年七月八日凌晨兩點，金日成主席在毫無病徵之下突然辭世，當夜，他還在挑燈批改一份與南朝鮮進行統一會談的文件，閱畢後還在文件後簽上自己的文字和日期，真正是你們普通話說的鞠躬盡瘁，死而後已了。為了感念主席的偉大，國家特別在這裡立碑，紀念碑上的阿拉伯數字1994.7.7，就是我們偉大領袖金日成主席的親筆簽名，也是千古絕筆。」

行程第一天參觀了萬景台金日成誕生的農舍，最後一天參觀絕筆紀念碑，1912.4.15~1994.7.8，六天五夜走完金日成八十二年的人生，也算有始有終。然而在君父的城邦，時間並非自耶穌誕生那年算起，北朝鮮在金日成出生那年創世紀，雖然農舍整治得也挺像耶穌誕生的伯利恆馬槽。西元一九一二年等於主體元年，主體一〇六年二月三日，我們從板門店回到平壤，行程即將結束，金小姐在遊覽車上嚷著好可惜：「這次沒有玩到牡丹峰的凱旋青年公園，那裡面有海盜船、雲霄飛車、還可以看猴子騎單車，那個公園號稱是北朝鮮迪士尼，可好玩了，但天意要各位嘉賓下次再來玩。」

遊覽車窗望出去，層層疊疊的大樓，乾淨的街道，交通女警美貌得可以去參加少女時代……眼睛看的是風景，耳朵聽的是金小姐的解說：孩子課後學芭蕾學小提琴都不用錢，國家栽培到大學畢業。這棟大樓是給藝術家住的，那棟大樓是給退休老師住的，那一整棟大樓是等南北韓統一，給南朝鮮同胞住的。沒玩到北朝鮮迪士尼其實也沒什麼好可惜的，這個國家本身就是一個巨型遊樂場，共產主義的主題樂園。

數天前，鑽進了平壤地鐵站，我的確在心裡哇了一聲。世界陡然一亮，巴洛克挑高穹頂，七彩雕花玻璃吊燈，牆上巨型金日成主席接受萬民擁戴的巨型壁畫似乎要用光了這個國家所有的水彩顏料，壁畫上每個人的笑容那樣鮮豔，那樣快樂。從「復興站」坐往「榮光站」，又是另外田園牧歌的風景，小小的電車來來去去，簡直是迪士尼小小世界。榮光站下一站是什麼？

因為禁止前往，我們並不知道。

何嘗不想趁夜溜出去一探究竟？然飯店是荒山裡唯一的建築，最後一夜，綻放著金色光輝的三十層樓高跟前夜一樣唰一聲斷了電，黑暗外面還是更大的黑暗，什麼也看不到，也沒什麼好看的。

——選自《不在場證明》，新經典文化，二〇二二

●————○ 筆記／石曉楓

李桐豪在《不在場證明》的自序裡提到「旅行是一種癮」，是放飛自己的不在場證明。而在這整部旅遊文字裡，〈樂園〉其實是當中最「不」旅遊的一篇，這涉及參訪的所在，正是行動相對不自由的北朝鮮共產國家。

首句「飯店是荒山裡唯一的建築」，與題目「樂園」瞬間形成偌大反差，從此讀者一路與作者共同經歷了六天五夜的奇異之旅。李桐豪很聰明，話不從頭說起，而要選擇以「平壤第三夜」起頭，那恰恰是行程裡逐漸掌握熟悉度、而又還未至於乏味的第三天。起首兩段五百字篇幅裡，黑

暗、鬼氣、被隔絕與禁閉的恐慌，簡明扼要地直逼而來。爾後再回溯及當日傍晚最後的少年宮參觀行程，那一個個彷如彈簧被打開的房間、一群群被展覽的孩童們，所有歡樂假象背後，也充斥了不真實的詭氣。

接著，作者以一個離開房間、穿越走廊的小芭蕾舞者面部表情之變化，輕巧穿越前一刻眼見的表象，橫插入過往書籍報導裡脫北者所親歷的饑荒，以及自顧不暇之人情冷酷。最後，對照眼前誇張做戲而痛哭的導遊金小姐，以「沒玩到的北朝鮮迪士尼」，帶出其實北朝鮮本身即是一座共產主義巨型的主題樂園，諷刺無比辛辣。

這篇文章困難的地方在於，已被安排好的行程，配備上兩名彼此監視的導遊，這場注定「景點複製著景點，導覽複製著導覽」的旅遊活動，如何還可能突破重圍，寫出「好看」的旅遊散文？選擇接受這樣的挑戰，本身就是艱難且異質的，但作者卻以自由跳接的時序、穿梭洞察的視點成功做到了。

李桐豪，記者、紅十字會救生教練，經營老牌新聞台「對我說髒話」與同名臉書粉絲頁。OKAPI 專欄「女作家愛情必勝兵法」、「瘋狂辦公室」作者。曾以《絲路分手旅行》獲二〇〇五開卷美好生活推薦，〈非殺人小說〉獲林榮三小說二獎，〈養狗指南〉獲林榮三小說首獎、九歌年度小說獎。近作為旅行文集《不在場證明》。

秋天的散步

北投紀行

凌性傑

依隨著秋天的腳步輕輕，我來到這裡。只要一到假日，我便不再去想工作場域的事。如此，人與我之間即可不相侵擾，這大概就是大隱隱於市、相忘於江湖的好處吧。作為一個渴望瀟灑來去的人，總是必須付出一點代價。這代價或許是偶爾感到孤獨，或許是人際的冷淡與疏離。當熱情與天氣漸漸變涼，我開始喜歡這個看似與我無關的世界。喜歡那些與我無關的人迎面而來，交會又離散。星期六清晨，天色灰濛濛。走出新北投捷運站，遊人還沒成群湧現，牌坊一樣的捷運出入口在我背後聳峙，像是在守候著什麼。我想起某年此時，手機裡浮現一行簡訊：「秋天來了。」然後，我與發簡訊的那人再也不聯絡。不知道當時究竟為了什麼。

秋天來了，我一個人在路上，享受著清靜簡約的美好。這當下，時間與空間有了切割，所有份際都清清楚楚。街巷靜好，風從北方吹來，空氣中若有似無地散發著硫磺氣味。聆聽風中遙遠的訊息，似乎有些什麼可以安慰自己的身心了。只是覺得很奇怪，以往在這裡散步，同行的人總會問我，愛與不愛的問題。直到隻身在此遊蕩，才對當時的擁抱、親吻、牽手一時明白起來。

在這個城市生活，算來至少五年以上。然而我總像是在抗拒什麼，對這兒的真實地景感到陌生。反倒是音樂與文字構成的北投風情，深深烙印在記憶中。以前認為，北投風華之盛在於脂粉管弦、華燈夜宴。這時漫漫而遊、施施而行，才發現素顏相見的清新。

順著山坡道路向上走，我晃到溫泉博物館，看這典雅的建築保留了一個時代的縮影。它的前身是北投溫泉公共浴場，緊鄰北投溪，水聲流瀉交響。兩層樓房的磚與木俱皆安穩，我與一群早起的遊客穿梭其中，聽人細數盛衰興替，只見幽光深映，歷史斑駁錯落。此係西元一九一三年興建，形體則仿照日本靜岡縣伊豆山溫泉浴場。活在台灣，我已經習慣從建築物的交錯，領受歷史的重疊，覆蓋，對映。走出館外，對面有一處舊式的兒童樂園。說是遊樂園，其實裡面只有幾件簡單的遊玩器械而已。附近溝渠的水色清澄，路旁豎著標語，警告水溫極高切勿在此泡腳。我其實很想脫掉鞋襪，把腳伸進去，恣意的滌蕩。

往更高的地方去，溫泉旅館一帶好多人來看廢墟。那是舊台銀員工宿舍，白日觀之，猶有詭魅之感。我也很好奇，人類對廢墟怎麼有恁般迷戀。荒廢的時間在殘瓦頹垣中閃爍，陽光自粗大枝葉間篩落下來，努力保存著行將毀壞的種種，大概是戀舊癖作祟。終歸是回不去的，當然也留不住，記憶中的某些場景。簷瓦都已凋零，窗玻璃大多破裂，來遊玩觀看的人大多不會傷心。唯有神色黯然的傷心人，來這裡可以找到更傷心的理由。

北投乃是平埔族語的音譯，意思是女巫。在女巫之地，時有煙靄迷濛。地熱谷一帶，水碧山青，白色水霧陣陣升騰。大約四百多年前，已有漢人來此。一六九七年，清人郁永河渡海來台採硫，他看到北投景貌後留下紀錄：「望前山半麓，白氣縷縷，如山雲乍吐，搖曳青嶂間。」當時榛莽遍野，他行路艱難，端賴原住民嚮導相伴。時移世變，現在的北投溫泉旅館林立，街道風姿在這城市中尤為動人，已不復是那樣蠻荒。

小說家林宜澐說，東海岸步行最適合療治失戀。我則以為，北投山行可堪脫卸情傷，整治紊亂的心跳。我氣喘吁吁，走上普濟寺。寺中供奉湯守觀音（守護溫泉的菩薩）與子安菩薩（可以向祂祈求子嗣），亦屬日式古建築，為真言宗佛寺。我拾級而上，道旁蕨類植物盡情舒捲，日照不到的石階已經苔痕深密。在佛前雙掌合十，我想送行一段往事，修補傷了又傷的一顆心。若無所求，當可不再傷心。到了廟裡，說說和尚的話，也是理所應當。

記得中學時與初戀小情人第一次出遊，竟去到佛門淨地，牌樓上勒刻著不二法門。緣起性空，大概是佛菩薩早早要給我們青春衷腸最嚴酷的警告。我來到普濟寺時又想起這段往事，當年山門口的花兒想必開開落落無度，那女孩不知往哪裡去了。

北投這兒許多路段以光為名，來此之前朋友跟我說，不妨走完一段銀光路試試。趁著天色清朗，我便拎著一壺水往盡頭去。銀光巷對步行者來說，曲折且陡斜。走了大約三十分鐘，便來到善光寺。沿階上去，頂端有三層佛寶塔，最高層供奉從日本迎回的釋迦牟尼佛舍利子。居高臨下，我俯瞰這城市，臆想千門萬戶中眾生的悲喜交集。銀光路兩側，林相頗美，綠蔭涼涼，讓人走久也不覺累。我流著汗，身體快速地代謝，有些事遺忘了便是至福。

離此不遠的天母古道同樣讓人喜歡，這條林中路有崎嶇，亦有平坦。走著走著，發現此間獨遊者甚少。若有，看來也都極有個性，想必是不甚喜歡與人交接的。標語寫著要我們當心猴群，路上卻常有一群人停住腳步，驚奇地看著山林裡跳盪的猴子。用腳認識這塊土地，速度是緩慢的，卻可以深長的回味。全身汗濕了，我才回到北投市中心。這時最應梳洗，順便抖落心頭塵埃。

既來到北投，怎可不泡湯？

在台島東奔西走多年的我，泡遍了各大名湯，早先對北投溫泉的硫磺泉質本來沒有太多好感。硫磺味不好聞，皮膚泡在裡頭容易過敏刺痛，每令我卻步。我與不再聯絡的伊，曾經在湯屋裡浸泡著，以言語相互螫刺。我們緊緊擁抱過，也相互傷害過。我們的口舌最是貼近，也最是銳利。我們的心，熾熱地緊緊相依，也往往過度燒灼對方。也是要到最近，我才終於可以享受硫磺泉的臭與刺。不是自虐，而是知道自己可以承受了。於是選了一家離捷運站近的溫泉飯店，往大眾池走去。

愛與傷害的事，在我裸身時重又襲來。沒有防備的，我對記憶的襲擊手無寸鐵。

窗外細雨紛飛，我在微涼的空氣裡緩緩把身體浸入溫泉池。週末晚上，很意外地沒有其他遊客，偌大的空間便由我獨享。行義路、湖山里一帶的溫泉，皆屬白磺泉質（酸性硫磺鹽泉），據說對皮膚病、關節炎、婦人病均有療效。這裡硫磺味較為清淡，不像地熱谷附近的青磺泉，具有腐蝕性，味道濃烈刺鼻。久浴池中，我又流了許多汗，僵硬的關節逐漸鬆脫開來。

幾乎在溫泉池裡睡著，過去的事與未來的心在我皮膚上盪漾。滑滑的，我在離開溫泉旅館時，再一次領受到時光的神祕。

——選自《男孩路》，麥田出版，二〇一六

●————○ **筆記／石曉楓**

作為旅遊散文的另一種展示，凌性傑這篇文字的紀錄相對日常，這是週末台北近郊的一日行程，在徐行北投的步調裡，作者將歷史背景巧妙安嵌於自我的成長經驗與情懷抒感裡。以「走路」為貫串，從溫泉博物館、舊台銀員工宿舍、地熱谷、普濟寺、銀光巷、善光寺到天母古道，一路循序漸進，作者引領我們跟隨著秋天的步履，觀照北投的大歷史。而所謂「廢墟」、「女巫」的拈出，並非隨意為之，而係作者刻意揀擇的地景與概念：此沿途風情正為與荒蕪的情感鬼影、個人的小歷史相互映照。

細心的讀者當不難發現，這趟看似「腳步輕輕」、清靜簡約的旅遊，背後卻隱約有「當熱情與天氣漸漸變涼」的愁緒，字裡行間搖曳閃現著「我想起某年此時」、「神色黯然的傷心人」、「可堪脫卸情傷」、「送行一段往事」、「有些事遺忘了便是至福」等字句，作者卻寫得雲淡風輕、不沾不滯，彷如置己身於物／事之外。直至此段行程的終點，愛與傷害的底牌才被掀出。在一人湯屋裡，溫泉滌清身體，讓風景與「我」素面相見；一如此趟短暫脫逃、感受孤獨的行程，可以讓「我」滌清情感的創傷。

歷史與情事在一日「走」行中交織穿梭，於是漫漫時光的神祕性、眾生交會又離散的悲喜交集，藉由文字記錄，在旅遊日常裡，遂有了具體而微的示現。

凌性傑，高雄人。臺灣師範大學國文系、中正大學中文所碩士班畢業，東華大學中文所博士班肄業。現任教於建國中學。曾獲台灣文學獎、林榮三文學獎、時報文學獎、中央日報文學獎、梁實秋文學獎、教育部文藝創作獎。著有《男孩路》、《島語》、《海誓》、《自己的看法》、《彷彿若有光》、《陪你讀的書》、《文學少年遊：蔣勳老師教我的事》、《慢行高雄》、《年記 1974：飄浮的時光》等。編著有《九歌一〇八年散文選》、《2018 臺灣詩選》、《青春散文選》（吳岱穎合編）、《靈魂的領地：國民散文讀本》（楊佳嫻合編）、《人情的流轉：國民小說讀本》（石曉楓合編）、《另一種日常：生活美學讀本》（范宜如合編）等。

在「我們」的時代裡——

共時性題材的表現

種花

王盛弘

春天遲到了，往年於清明前後即紛紛綻放的百合花，今年卻遲遲無有音信，直等到五月天才轟地盛開。

百合長在菜畦邊沿，初始只是一瓦盆雜在隨意傾倒土壤裡的幾瓣殘碎鱗莖，菜畦裡甕菜、芥蘭仔、花椰菜、小白菜……一年四時更替，倒是菜畦邊沿這叢百合六嬸任它蔓延，暗地裡坐大，數年後經過一個說是四十年來難有的寒冬，煙火爆發般一開上百朵，佇足下風處數十公尺遙，周身盡皆浸沐於花香。

我誇六嬸汝有一雙綠手指。六嬸淡淡回應，啥物綠手指？我啥攏無做喔。語氣裡竟有一分無辜。生而不有，為而不恃，功成而弗居。我嘻嘻笑告訴六嬸，汝有古早時代一个聖人講的「不居功」的美德。回答我的卻是，我是一个粗魯人，汝講者个，我聽無啦。但嘴角有笑文文，兒子誇她呢。

六嬸是個粗人，一瓢水往下澆，盆裡的日日春百日草圓仔花，枝枝葉葉便往旁欹斜，我跟在後頭一一扶正，嘴裡嘀咕著也毋較幼秀咧。六嬸回答，哪有些个米國時間，等一咧就企起囉。也對，每天這些草花不都立得直挺挺地等著被澆水。六嬸隨手將水桶水瓢交付予我，一轉身進進出出又去行薛西弗斯永無止盡的勞役。

這幾十年都是六嬸澆的水。大哥小弟對養花蒔草了無興趣，我與六叔賞花雖然挺在行，但是種花則如六嬸所說，干焦出一支喙。我離鄉後，六嬸更要向誰叨唸去？

十八歲離開竹圍仔，臨走，六叔沒有多做交代，只是說，你做什麼決定都好，但要能夠對自己負責。六嬸沉默，走進廳堂燃起三炷香，拜天地，拜觀世音菩薩，拜列祖列宗，香煙裊裊，兩唇一張一闔唸唸有辭，把話都說給神佛與祖先聽。我肩著行李邁進稻埕、走出大門，六嬸才說，食乎飽，穿乎燒，想欲轉來就轉來。

很少返家，返家時就坐電視機前看日本綜藝節目。看一家幾代人住幾十年的老房子變得礙手礙腳，拆卸時敲敲打打，工人徒手一掀摧枯拉朽般一張天花板便給揭了開去，漫天塵灰與灰塵；看年輕工匠攬著美麗妻子可愛兒女的祝福，志得意滿登上擂台，不料不旋踵即遭淘汰，妻子兒女難掩錯愕卻仍安慰多桑是最棒的，女兒為他戴上親手編織的桂冠……

六嬸退到邊間，音響開得細細地看本土劇，我湊過去張望，不一會兒她便找個藉口起身去照看鍋裡飯菜、浴間待洗衣物，乃至於棲在欄柵裡的雞鴨，為的是將遙控器交給我。

其實我只是想與她靠近些，也許讓她摩摩我的髮，對我說有白頭毛啊，想袂到來得遮爾緊。我是直到上了高中還偶爾讓六嬸幫我洗頭。頭髮打濕，半包566洗髮粉在手心底搓出泡沫，六嬸邊洗邊說，頭毛烏䵩䵩，後擺較緊白。以為以後是很久很久的以後，我沒放心上，讓六嬸身上發散出的彎彎浴皂寧馨香味哄得眼皮微闔快要睏去了。最後舀水一瓢瓢自頭頂澆下，流入耳孔囉我出聲埋怨，帶著一種親暱——那些花啊草啊被大剌剌地澆彎了枝葉時，也是這款感受嗎？

有時和六嬸作伙看新聞。

上台北那年夏天，五二〇，農民走上街頭訴願，與軍警爆發激烈衝突，雞蛋、棍棒、拒馬、鐵蒺藜、催淚彈、汽油彈，叫囂，扭打，廝鬥，火光熊熊看傻了螢光幕前的我和六叔六嬸。街頭運動那些年以燎原之勢蔓延，六嬸不諳普通話，我以普通話、台語交雜扼要說明：睏佇路頭些个人，是抗議厝賣得太貴，蹛袂起，就親像蝸牛無殼；坐佇喇叭花邊仔者个學生囝仔毋願食飯，要求解散國民大會；密密親像蚼蟻些个人擇著標語旗仔，是爭取咱老百姓嘛會使直接投票選總統……

看著聽著，六嬸憂心忡忡說，汝佇台北，毋通參人烏白來。好像當我童少，信口批評哪個政府官員不好，或以蔣總統當題材開玩笑，六嬸出言制止：毋通烏白講。若是晚上，她會順手將門扉闔上。

很少向六嬸提及台北的生活，總說無代誌、攏好，偶爾找些小事抱怨以呼應真實人生的粗糙真相。電話裡說的都是天氣：夏天說台北足熱咧，六嬸回我彰化小可仔；冬天說寒死囉，六嬸說汝暗時愛蓋較燒咧；雨天問彰化有落雨無，晴天說出日頭囉。然後我問好否有代誌否，六嬸加倍回我攏好攏好、無代誌無代誌。

早些年在學校讀書、初出社會，六嬸還會提醒我吃飽一點穿暖一些，工作多年後她也不說了，大概知道我不會虧待自己，反倒偶爾叮囑，較儉咧，儉一寡娶某本。我喔喔幾聲敷衍過去。一通電話一分鐘講完，她不逼問什麼，我也不說。

怎麼說呢？怎麼能說呢？我和伊的事。

倒是常對伊提起六嬸，說六嬸喜歡大理花，也喜歡細葉雪茄。伊不識花草，我解釋，大理花花瓣宛如絲絨，花形團圓一派喜氣；細葉雪茄植株低矮，葉細花小，十分謙遜的模樣。大概六嬸也並無特別偏愛，只是偶然聽她誇過，我便覺得大理花是母親的花，細葉雪茄也是母親的花，日後不管走到哪兒，看到母親的花便格外感覺到親切，內心因此而柔軟。

伊坐電腦桌前上網查花典。平日裡伊常把什麼火象風象掛在嘴上，朋友初識總要探問星座當談話頭，很容易與人打成一片。這時伊告訴我，大理花的花語是華麗、優雅，細葉雪茄的花語查不到耶，就用你的話說是「謙遜」好了，這麼說來，六嬸的個性很衝突喔，既華麗又謙遜，是嗎？

你說什麼啊傻蛋，我輕拍伊的後腦勺，一個物件對應一個事件，一個象徵對應一個命運，工工整整，這是作文不是人生。伊沒跟我分辯，沉默，我自身後環抱，在伊耳邊輕語，想什麼？伊回答，我想認識你母親，你的家人。

六嬸就是我的母親。

我叫母親六嬸、叫父親六叔，現在是很可以輕易對人提起，與兄弟對話，若用的是母語，仍稱六嬸六叔，若出之以普通話，則改口媽媽。但有很長一段時期，這是內心底一個難以對旁人展示的瘀傷。媽媽、老母、卡桑……明明有很多選擇啊，為什麼我用了一個難以啟齒的稱呼？如果對人說起，則是以祕密交換祕密、友誼交換友誼，打勾勾、蓋手印，噓，不能說出去喔。

小孩是最天真無邪卻也殘忍不知道底線。曾與同學拌嘴，對方終於不跟我對話，而把聲音向四界放送——他是個沒有媽媽的小孩，他只有六嬸，他沒有媽媽。我感覺受辱，掩耳不願聽。

經過了許多年許多事，有一天突然意識到，於我，這一切都雲淡風輕了。伊回我，本來嘛，虧你還是個讀書人，那句話是怎麼說的？玫瑰，嗯，對了，玫瑰如果不叫玫瑰，它還是一樣芬芳。伊用蹩腳台語嗆我，冊攏讀到尻脊骿去囉。

人家怎麼說你就怎麼信啊？我存心與伊鬥嘴，「你們的名字對你們亦然／你是否真的以為它不過是兩三個音節／此外即無意義？」沒聽過惠特曼這幾句詩嗎？屁精、玻璃、兔子、娘砲、半陰陽……長久以來我們所要對抗的，不就是這些汙名？

所以我們走上街頭，亮相於光天化日之下，從世紀初四五百人自公司（台北新公園）走向西門紅樓，到新世紀第二個十年伊始，四五萬人集結於凱達格蘭大道，最高國家機器前耍妖作怪。我們走過公園路，走過中華路，走過仁愛路，走過信義路，走過忠孝東路，走過敦化北路……走進人們狐疑的眼光，鄙夷的眼光，理解的眼光，溫情的眼光，這是一場最富創意街頭運動，裝扮扮裝，七彩繽紛，愛、笑容與擁抱，宛如嘉年華。

六嬸，我佇台北無烏白來喔。是六叔給我的臨別贈言，為自己的決定負責，為自己的命運負責。性向從來不單是自己一個人的事，連通管一般它與整個族群互通聲息。

那，你會跟你的母親說你是嗎？伊問。我沉吟片刻，搖搖頭。難保不會我出櫃了，卻讓六嬸關進櫃子裡。和更年輕一代往往無所畏懼不一樣，我自己花了多少時間才接納自己，不敢奢求旁人無條件的愛，即使她是我的母親。伊又問，你不會感到遺憾嗎？遺憾啊——人生嘛，沒有一點遺憾的就不叫作人生，失去的與得到的，加加總總若還能是正數，就不能說老天虧待了。

其實不管你有沒有說，做媽媽的全都知道喔。伊說。

有一年除夕，我終於帶伊回竹圍仔。伊敢毋免圍爐？六嬸問。我編了個謊言：昨暗小年夜圍過囉，講想欲來咱下港，就佮我作伙落來。六嬸嘀咕，過年無𪜶厝內人作伙，安呢敢好？又自言自語，咱彰化有啥好耍的？心裡思忖著，轉身去貼春聯，一會兒後對我說，汝會使帶伊去八卦山行行咧，看大佛、食肉圓，抑是去鹿港拜拜，龍山寺、媽祖宮攏好。

飯桌上六嬸勸飯勸菜，食雞起家，食魚年年有餘，幫伊夾得一碗山尖。我說吃不下就放著吧，伊卻滿臉笑地吃完它，那種滿足的神態好像馬上可以再來一頓。飯後六叔六嬸發壓歲錢，也各給伊準備了一份，伊推辭，我說收下吧，還沒娶老婆的都是小孩。六嬸移開目光，低下頭去壓平紅包袋上的摺痕，把話說得很淡很淡好像只是不經意隨口提起，六嬸說，汝啥時陣欲娶某？

翌年除夕，伊又隨我返鄉。大年初一清晨，稻埕裡有人說話，我起身，隔著窗玻璃看見伊提著水桶跟在六嬸身後，六嬸正一瓢瓢地為花草澆水。伊好慇懃問六嬸這是什麼花。六嬸說，我嘛毋知，我攏叫伊刺仔花。那是麒麟花，一身刺。這又是什麼？六嬸說，這是芳花。那是樹蘭，花小如芝麻，香氣馥郁。這呢？伊繼續問。六嬸大起膽子回答，這是大紅花。那是大理花，幾朵圓團團、紅豔豔的花朵正掛在枝梢呢。看來叫什麼名字，有時候真的並不那麼重要。

後來兩人停步在一盆細葉雪茄前，伊還未開口，六嬸搶先說了，之我毋知喔。伊說，我知我知，這叫細葉雪茄，細是細小的細，葉子的葉，雪茄啊，嗯——伊做出抽菸的動作。窗後的我噗哧一笑，看見六嬸也笑了，伊也笑了。我們三人都笑了。六嬸說，汝哪會知影？用的是問句，而其實僅僅只是誇伊懂得多，那傻蛋卻用手指比比我的房間，伊教的。

隔一年，只剩我孤伶伶一個人回竹圍仔，行李裡有支水壺，白鐵材質，圓柱體，壺嘴細長如吸管，造型簡約俐落，現代感十足。我將水壺交給六嬸，說是前兩年來家裡過年的朋友從日本買回來送她的。六嬸接過水壺，說，遮爾幼秀我哪會曉用。又說，伊今年哪會無佮汝轉來？我連說謊的力氣都無，只回說伊無閒。六嬸上上下下看了看手中的水壺，抬起臉來看著我，對我說，汝愛對伊較好咧。

這句話，六嬸在心上琢磨多久才說得出口？我卻背對著她，任她自己一個人去面對。我喔了一聲表示聽到了，裝作若無其事走進稻埕，蹲到菜畦邊沿。地面有一道道微微破裂的痕跡，百合新芽自地底深處萌發，頂著的泥土又乾又硬，倒像是被壓制住而非即將冒出頭。我不經心地，信手掰去一片片泥土，一不小心便弄傷了芽眼，留下一個個潮濕的傷口。

身後響起輕輕腳步聲，緊接著人影子靠近，似有遲疑。也不知因為情傷或更多地，六嬸的理解，我的眼眶蓄著兩泡淚水，愈發將一張臉埋在雙膝之間。人影子稍作停佇，隨即掉轉頭悄聲離開。是六嬸嗎？面對這些掙扎著要冒出地面的新芽，六嬸會怎麼做？

良久良久，日頭曬得我脊背隱隱發疼。我聽見遠遠地六嬸自裡屋喊我，去把手洗洗咧，來幫我貼春聯，毋識字，寫啥物我攏看無。

——選自《大風吹》，聯經出版，二〇一三

● ——— ○ **筆記／石曉楓**

〈種花〉是二〇一二年《自由時報》第八屆林榮三文學獎散文首獎之作，後收入《大風吹：台灣童年》中。

在近年的同志文學裡，少見如此不慍不火、溫柔處理台灣社會氛圍及家庭可能衝突的作品。這篇散文之所以動人，源於其中充滿情感的各個生活畫面。在「我」的視景裡，六嬸首先登場，自稱粗人的六嬸與自以為細膩的「我」之間的互動含蓄，卻飽溢不需言詮的體貼。對話所使用的台語文極其典雅熨貼，顯見作者曾下過一番功夫，而考究的語言與親人形象、情感的表達可謂相得益彰。

「名字」是文中一個巧妙的轉折與雙關，母親不能名之為母親，而須以「六嬸」替代的童年創傷；情人不能名之為情人，而僅能被視為「屁精」的汙名化指稱，帶出了溫暖視景裡的隱痛。然而文中較晚出場的「伊」，其實緩和了衝突，那些細查花典，揣摩、渴望及後來用心與情人家屬相處的心意，可愛復可喜。

全文以「種花」綰合親情與愛情間的種種花事，在「我」帶著「伊」回鄉下老家的第二年，初一清晨提著水桶跟在六嬸身後，慇懃探問花事的「伊」，窗外二人及窺看的「我」三人都笑了的場景，是全篇最溫暖、和諧而動人的一幕。然而花事終了，受創的心重回故里，帶回的「遺物」是一支太過現代感的精緻水壺，幼秀的水壺暗示了兩代人磨合理解的艱難，但體貼的六嬸畢竟曾花了無數時間，默默說服對同志情感難以理解的自己，那句「汝愛對伊較好咧」，道盡為人母的理解、退讓、體諒與心疼。

因為拙於言詞，所以文中對六嬸有很多非常深細的動作描摹，例如遙控器的無聲讓與、過年低下頭去壓平紅包袋上摺痕的動作等，讀者可深察。又全文處處照應卻無鑿痕的布局，也是高超的技巧表現，體現了王盛弘爐火純青的創作心法。

王盛弘，彰化出生、台北出沒，寫散文、編報紙。曾獲九歌年度散文獎、台北文學年金、入選文訊「21世紀上升星座」等獎項，為各類文學選集常客，兩篇散文選入高中國文課本、多篇文章入列大專院校通識科教材。著有《雪佛》、《花都開好了》、《大風吹：台灣童年》、《十三座城市》等共十一本散文集，主編九歌《一〇六年散文選》等書。目前任職於報社，曾獲報紙編輯金鼎獎。

浪漫而孤傲的靈魂之樂

石曉楓

有些場景是要在多年後反覆回憶起，才能細細體察出背後深意的。那是三月初春的午後，鐘聲響起之前，我準備前往教室，行經長廊見有人倚闌凝神望向遠方，正安靜聽著音樂，渾然無視於周遭雜沓往來的三兩人群。一時興起，我佇足詢問：「在聽什麼？」沒料到其時尚不熟稔的男子，隨手便將右側耳機摘下遞給我。略有些錯愕，遲疑間我接過戴上，熟悉的旋律在耳蝸響起：6~76~76~5453，是浪漫中略帶冷冽的音調，一如彼時乍暖還寒的春光。「拉赫曼尼諾夫第二號鋼琴協奏曲」，他偏頭略帶詫異地望了我一眼，對視不過瞬間，我們便安靜地聆聽起其後的樂段，旋律流淌在各自耳際。約莫持續了一兩分鐘，「上課了」，我有些忸怩地說。自此兩人錯身，渾若無事，然而冥冥中彷彿又自有牽繫，那往後，不意之間卻展開了一段長達數年的錯戀。

俱往矣，然而始終定格在腦海裡的一幕，是當年彼日彼時，為遷就耳機線長度，我曾略略偏頭，餘光中因見他臉型的印象：鼻梁高挺、唇線緊抿，最分明的是雙眼皮下黑濃的睫毛如扇。那幀輪廓分明的側影，曾在記憶中盤桓數年，因此當老電影《似曾相識》（*Somewhere in Time*）穿越歲月而來，主角理查（Richard Collier）在經營一世紀的飯店歷史陳列館裡，與牆上照片中七十年前的青春少女頭像，相對脈脈、久久難言之際，那種震懾與深情，我真覺是如人飲水，觀影者冷暖自知了。

巧合的是，《似曾相識》裡除了歷久彌新的主題曲之外，拉赫曼尼諾夫（Sergei Rachmaninoff，一八七三－一九四三）的「帕格尼尼主題變奏曲」，正是其中非常重要的一段配樂。年邁的女主角與青年理查重逢之後；渾然不知事實的理查於歷史館中初見當年少女頭像之際；乃至於時空重返，理查穿越七十年與年輕的女主角泛舟湖面的美好辰光裡，拉赫曼尼諾夫的背景音樂都反覆出現。作為理查最喜歡的曲目，「帕格尼尼主題變奏」應當意味著什麼？一段時空錯位的浪漫愛情之變奏。

那幾年裡，確實是我少數勤逛唱片行的美好時代，作為志趣相投的愛樂者，他對古典音樂的投入更加狂熱，蒐羅相關知識之餘，也推薦了不少優質版本。對於事物我向無太多執迷與痴狂，然而私心偏好的拉赫曼尼諾夫第二號鋼琴協奏曲，倒也聆賞過名家演奏若干。李希特（Sviatoslav Richter，一九一五－一九九七）與維斯洛基（Stanislaw Wislocki）指揮華沙愛樂在一九五九年的錄音廣受好評，可以感受到演奏者強烈的自信、機鋒以及無懈可擊的琴藝，但對我而言，李希特的鋼琴彈奏一貫理性而炫技，驚歎讚賞之餘，情感層面究竟較難與之相契。和李希特恰為對照的另一個版本，應當是齊瑪曼（Krystian Zimerman，一九五六—）與小澤征爾指揮波士頓交響樂團於二〇〇四年的錄音，其中的情感表現則華美而耽溺。

多年來，我喜歡的其實是英年早逝、卅一歲便在空難中喪生的鋼琴家卡培爾（William Kapell，一九二二—一九五三），他所演奏的拉赫曼尼諾夫，洋溢著清新無比的氣質，指尖流轉間有點率性，卻不矯揉做作。多年後重聽卡培爾於一九四五年與史坦伯格（William Steinberg）指揮羅賓漢・戴爾樂團（Robin Hood Dell Orchestra）的錄音，對於略帶生澀的技巧表現，漸漸難以忽略。但基於一定程度的情感偏愛，我仍不免揣想，這位當時被公認為霍洛維茲後繼者的青年鋼琴家，若能於中歲之後重彈拉赫曼尼諾夫，該又會有怎樣動人的詮釋？

至於作曲家本人，其實身兼指揮家與鋼琴演奏家多重身分，也因此，拉赫曼尼諾夫演奏拉赫曼尼諾夫曲目，簡直是上天的恩賜。一九二九年，他與史托考夫斯基（Leopold Anthony Stokowski）指揮費城管弦樂團的錄音版本技巧驚人，無論就速度詮釋或情感表現而言，都讓我百聽不厭。拉赫曼尼諾夫指尖落下之處從容靈巧，充滿了難以言說的優雅氣質，若在靜夜裡傾聽，更彷彿一名略帶憂鬱色彩的紳士，以節制的方式星點透露著、低語著、傾吐著內在隱密的情感，矜持，卻不給人壓力，流光溢彩之處，則熱情浪漫的本質難以掩蓋。

壓抑自制而迷人，若果你看過拉赫曼尼諾夫的肖像，會更深刻體會人與音樂之間微妙的契合與關聯。照片裡的作曲家，無論戴帽或平頭現身，一貫是冷峻嚴肅的神色，即令與最親近的女兒們在大自然場景裡合照，微微上揚的嘴角仍難掩憂鬱氣息，這或可能與緊鎖的眉間、堅毅的眼神與清瘦的身形有關，也可能與來自聖彼得堡的背景微妙感應著。拉赫曼尼諾夫的音樂一如當地節候般，將任性埋藏在冷地裡，有時帶些病態的坦露，卻愈發深不可測。據說他的曲目也並非常人所能演奏，原因在於拉氏本人是身形一百九十二公分的高眺巨人，擁有三十八公分以上的手掌張距，跨度大的琴鍵對他而言並非難事，但在一般人心目中，卻成為技巧艱難的考驗。

最為人熟知的，應當是電影《鋼琴師》（*Shine*）所展現的拉赫曼尼諾夫式障礙跨越吧？《鋼琴師》裡演繹的主角大衛・赫夫考（David Helfgott）實有其人，是波蘭移民猶太裔第二代，由於家境清寒，父親又受過納粹迫害，因此自小灌輸他必須成為強者才能生存的信念。敏感纖細的大衛在成長過程中，屢次試著彈奏蕭邦與拉赫曼尼諾夫，或都與父親對祖國波蘭和宗主國蘇聯的情懷有關；而父親的寄望與控制欲，最終卻導致大衛精神崩潰，大好的演奏生涯從此崩毀。

既是以鋼琴家為主角的傳記式劇情片，電影裡鋪陳了諸多樂曲，從蕭邦的《雨滴》、《降A大調波蘭舞曲》，李斯特的《第二號匈牙利狂想曲》、《鐘》，到韋瓦第的《榮耀頌》、《世俗的平安總有苦惱》等無所不包，而其中反覆出現的拉赫曼尼諾夫《第三號鋼琴協奏曲》，則被譽為史上「最難彈的鋼琴協奏曲」。作曲家本人曾戲稱這是「寫給笨重的大象跳舞用的」，據說當時他將曲子題獻給最景仰的鋼琴家霍夫曼，霍夫曼仔細讀完後，答覆他太過困難、無法勝任。就連拉赫曼尼諾夫本人在首演時都拒絕安可，晚年更索性不再公開演奏。

即使不曾聽聞過前述軼事，電影裡也藉由父親的話：「這是世上最難彈的曲子，學會了我將以你為傲」，以及大衛啟蒙恩師對其父的請求：「別逼他彈拉三，他還不行」，神化了第三號鋼琴協奏曲的傳奇性，也指出拉赫曼尼諾夫為世人設下多大的障礙。影片裡最經典的一幕，應當是違逆父親阻撓，執意往英國皇家音樂學院求學的大衛，終於挑戰拉三的演奏場景，畫面中那男人彈奏的側臉：尖挺的鼻梁、秀美的唇以及披散的長髮，再度將我拉回拂之不去的記憶深淵；而對大衛而言，那場彈奏也正是深淵邊緣的掙扎。舞台演出裡，抒情的慢板如泣如訴、深刻動人，彷彿傾吐了對故鄉的無限思念；然而音符激昂之處卻又充滿了父子矛盾情仇的張力，兩種旋律交錯又對立，彼此攀升纏繞永無已時，那彈跳的指尖、奔濺的汗水、癲狂的心智……，在視聽極度緊繃的畫面剪接中，你真切能體會到拉赫曼尼諾夫創作的音樂，有著多麼危險又迷人的魔力。

危險而迷人，我想起多年前同眾長輩登山健行時，曾與出版過《CD流浪記》的呂正惠教授，沿途爭論著拉赫曼尼諾夫音樂的版本問題，每一個我所深心推薦的演奏，他都不表欣賞，禁不起再三詰問，最終索性直言就是不喜歡拉赫曼尼諾夫，「他太浪漫了」，老師說。還記得在滿山濕涼的空氣包圍裡，那一刻我有些啞然與迷惑，當時年輕的我，絕對無法意會到「浪漫」竟能是種原罪。

而今，即令已臨中歲，生活裡也經受了些因浪漫而致的挫傷，我仍不免常常懷想起二十歲那年夏天，如何曾在圖書館裡找出一本本樂譜，如何曾在溽暑無人的宿舍裡，悶頭指認一顆顆音符，吟誦著初遇拉赫曼尼諾夫的驚喜。我也常常回到生命裡某段時間的冬日午後，公車一路悠悠晃晃，駛向注定終將無果的戀情，那時耳機裡傳來拉赫曼尼諾夫清冷、孤傲而絕美的琴聲，跳躍的音符因壓抑無望而愈發熱情，烙印出無數難以言宣的掙扎與渴望。就在那當下，搖蕩的公車裡彷彿我也穿越時空，與拉赫曼尼諾夫有了似曾相識的心靈默契與交流。

——選自《跳島練習》，九歌出版，二〇二二

●————○ **筆記／石曉楓**

本文原係應《聯合報》副刊「我是╳╳粉」專題邀稿所撰，該專題作者群筆下所涉「粉絲」之對象範圍包羅萬端，有「我是媽媽粉」、「我是王菲粉」、「我是戲院粉」、「我是觀音粉」等，以古典音樂為素材者，則有此篇「我是拉赫曼尼諾夫粉」之作。

音樂散文的前行寫作者所在多有，犖犖大者如周志文、呂正惠、陳黎、吳鳴、莊裕安、楊照、焦元溥等，諸人以其對古典音樂的愛好與深厚素養，發而為文，或涉版本比較、或涉樂壇軼事，展露出此類題材散文的知識性特質。本文稍有差異之處在於，藉音樂以抒情的成分會再重一些。

在拉赫曼尼諾夫音樂所聯結的鋼琴協奏曲、帕格尼尼主題變奏曲、老電影《似曾相識》、傳記式改編電影《鋼琴師》等媒介裡，作者暗藏了一組情感密碼：過往深淵邊緣的錯戀。文章開首揭示之後，影影綽綽，便反覆在字裡行間的不同時空裡還魂，而收束於搖蕩公車裡與拉赫曼尼諾夫穿越時空的默契。可見錯戀之為「錯」，原不在於心靈之溝通受阻，而在於現實難以克服的遺憾與錯身；錯戀之為「愛」，也正因其與拉赫曼尼諾夫的音樂般，既危險、迷人又浪漫。

古典音樂愛好者以聲音為媒介，然而音聲究竟該如何化為具體，於文字筆下還魂？版本比較有一定的枯燥性，對此本文不求名家名盤的廣泛列舉，僅針對李希特、齊瑪曼、卡培爾等人的演奏，進行細膩的個人聆樂感受之描摹，所謂理性而炫技、華美而耽溺、清新而率性等形容，不求客觀專業，一切訴諸於心。至於論到拉赫曼尼諾夫本人，則由曲風特色、曲目軼事、演奏速度詮釋與情感表現，甚至作曲家本人的手掌、外在形象等，多方鋪陳題旨所謂「浪漫而孤傲」靈魂之神髓，亦可見其用力之處。

石曉楓，福建金門人。臺灣師範大學國文研究所博士，現為該系專任教授，研究領域為臺灣及中國現當代文學，兼事散文創作，曾獲華航旅行文學獎、梁實秋文學獎等。著有散文集《跳島練習》、《無窮花開——我的首爾歲月》、《臨界之旅》；評論集《生命的浮影——跨世代散文書旅》；論文集《文革小說中的身體書寫》、《兩岸小說中的少年家變》、《白馬湖畔的輝光——豐子愷散文研究》；另與凌性傑合編《人情的流轉：國民小說讀本》。

指叉球

翁禎翊

你會來嗎？

手機顫動出這一則訊息，來自國小同班同學K。訊息裡這樣寫道：「我要結婚了，下個月五號，在河濱公園對面的飯店，你知道在哪的。」

在深夜擱下明天要考試的書本，把訊息反覆讀了一遍又一遍，試圖破解更多隱藏在字句裡的資訊，卻是徒勞。這年，我們剛剛滿了十八歲。一陣巨大的空虛感塞滿我的胸口，小學六年級時，我也是這樣執著地看著、唸著老師在日記本上給我的評語。那年王建民甫升上大聯盟，一股棒球熱潮在男孩之間蔓延，沸騰，我的整本日記鉅細靡遺地記載了職棒的大小事，儼然成了各大報的體育新聞彙整。老師說，你可以多寫寫棒球讓你學會了什麼啊。從此，更多的球場上的細節被我渲染誇大，彷彿某種程度的置入性行銷：逆轉的激情、提前扣倒對手的熱血、永不放棄的英雄淚水，總是激勵我們，「怕輸，就不會贏」……而那天日記的內容我記不得更多了，老師似乎根本沒有看完，對於內文完全忽視，只留下一句話：我和令堂討論過了，我們都認為你的生活裡除了棒球，還有很多事值得去做。譬如看課外書。

我把本子啪地闔上，感覺被徹底羞辱了。一個人趴在座位上，腦中不斷想著那句話——老師是討厭棒球嗎？還是討厭我、對我不耐煩了？K走到我身旁，問我身體不舒服嗎？我搖搖頭。「那快來打球啦！」

我和K說了日記的事，他噗哧一聲笑了出來。「幹嘛！還在不高興喔？」他推了我的肩膀，我也笑了起來。是啊，我們的志願是要去打大聯盟的，而且指名要洋基隊，什麼日記、讀書，一點都不重要啊！早就約定好了，三年後，國中畢業要一起去日本念高中，那裡的選手育成制度完備地多，當今中華隊最強的第一棒陽岱鋼正是如此，彼時還沒闖出名堂的他老早被我們奉為圭臬。我甚至連離家出走的細節都仔細推演過了許多遍：考完基測的深夜留下一封信在桌上，無聲無息地離去，義無反顧的旅程裡，我們要先去找K在體委會工作的遠房舅舅……

那時只要下課鐘一響，我們一群人便狂奔下樓，半個躲避球場就正好當作球場，對於湊不到九個人一隊的我們來說，那場子大小剛剛好。我們兩邊總是互相幫忙守備；而學校是嚴禁「棒球」這種危險物品的，所以球只好以報紙壓揉而成。每回投打對決通常只有三種結果：三振、保送、安打（人太少難以守備啊）。然而我們打起球來卻毫不馬虎，煞有其事：有聯盟、有紀錄，有總冠軍賽、有交易制度，腦中所設想、所推演，早已不是彼時嬌小的身軀所能負荷。

事實上，母親也從來沒有反對我打棒球。只不過她常常不經意地問起K的事情：他的成績好嗎？你們在學校相處得怎樣？都做些什麼？這總是使我不知所措，老師的那句話突然就在腦中變質，發酵，膨脹，占據了所有空間。我只能惶惶地敷衍帶過，最後虛張聲勢地大聲回道：「妳問這個幹嘛？」K是許多人心目中、你們大人心目中的壞小孩。他上課會睡覺會吵鬧，作業隨便寫常缺交；他的制服永遠髒髒皺皺的，滿身汗臭味讓人難以忍受，甚至連指甲檢查也從來沒有通過。除了我們打棒球的這群人，K幾乎沒有朋友，班上功課好的女生看見他就躲得遠遠的，卻私下和老師打他的小報告，這使得K經常在各種懲罰之間輪迴。他倒也不在意，安安分分地罰抄完課文，扔下筆衝往球場，陽光注滿深陷的酒窩，毫無哀戚怨懟之情。

有很長一段時間，我在想，老師叫我別打棒球，是不是叫我別和K走得太近？有次換座位，成績最好的女孩C換到了K旁邊，她的母親便來學校和老師爭論許久，隔天C就被換得遠遠的了。她坐到了我前面，非常低聲跟我說：「我媽媽特別交代我別跟那種人往來，說我會變壞，怎麼辦，你不怕嗎？」那時我不解地搖了搖頭。我是要到了畢業後很久才知道，K的父親與大哥都是管訓過的流氓，他是祖母獨力撫養長大的。

那時為什麼沒有人多問問K的棒球打得怎樣呢？他可是我們之中最強的投手啊。那時他不知從哪弄來一本棒球雜誌，裡頭有各種不同變化球的投法，常常上課瞥到他低著頭，右手握住紙球，五根指頭來回交疊，像是恣意排列組合的積木。其實大部分的球種都得倚賴縫線，才能產生變化效果——指叉球例外。讓食指中指像叉子一樣夾住球，出手時，兩指內側瞬間向下發力。指叉球離手後比一般直球更為剛猛，到達本壘板的最後一刻會突然下墜，像是從筆直的懸崖墜下一樣，令打者措手不及。

K的指叉球幾乎是勝利的保證，可是卻誰都不願意和他一隊。因為這樣就永遠當不了投手。那時我帶了一個新的手套來學校，黑色的，上面繡著「40」還有洋基的隊徽，同伴們全是羨慕不已，每個人輪流戴在手上，眉毛總是止不住喜悅地跳動。K戴在手上卻是不願拿了下來，他擺出祈禱的手勢，扭動著身軀，睜大雙眼嘟著嘴，故意撒嬌地說：「拜託嘛，我是王牌投手耶！」我拗不過他的請求，心不甘情不願地點了點頭，他就突然換了張臉似的，眼睛瞇成一條線，嘴角大幅上揚，「就知道你最好了！」

從此，他總有不同方式不同理由硬要我把手套借他：「我今天幫你抬便當耶。」「所以咧？」「借我嘛，真的最後一次了。」「不要。」「那我不要跟你好了，不要就不要啊。」

「好啊！怕你喔！」

「而且為什麼每次都是你當投手！」我作勢要把手套搶回來。

我不知道自己那天為什麼會有這樣激動的回答，可是才一脫口就後悔了。K哼了一聲，脫下手套，然後重重地摔在地上。「誰希罕你這爛東西啊，到時候我叫我爸買十個都不成問題！」

好幾次忍不住向母親抱怨起K總是搶我的手套，舌根潮水反覆沖刷，話卻始終擱淺在喉頭。我很怕母親把K當作壞朋友，更害怕她因為任何小事阻止我打棒球，特別是她最討厭我和別人發生衝突；何況，小男生吵架嘛，隔天我主動交出手套，當K的捕手，聯手完封對手也就和好如初了。可是從那次事件以後，我站上打擊區，面對K總是特別起勁，總是使盡全力揮擊，想要把他的球轟得又高又遠，挫挫他的銳氣——但卻頻頻遭到三振。總是揮了棒才發現球正在下墜，而一切都發生在那麼一瞬間，我還來不及回神，隊友的嘆息已經從四面八方洶湧襲來。

「你會來嗎？」訊息末尾附了張相片，K染了一頭金髮，懷裡摟著一個女孩，女孩笑得燦爛，K卻是正經八百地抿著嘴，眉毛微微皺著，眼睛凝視鏡頭，那是一種不屬於我們這年紀該有的陰鬱。如果此刻在路上相遇，我還能認得出他嗎？照片正是在他預定要結婚的飯店前拍下的，陽光穿過河畔垂懸的柳條，小小的方格裡，天光漫溢，我不由得惦念起那些完整俱足的單純與快樂。我也因此想起畢業典禮前一天，我們去河濱公園打了最後一場球。

K說那是小聯盟的總冠軍賽，結束後就要努力升上大聯盟。那時我們互看了一眼，有默契地右手握緊拳頭，敲打著自己左胸膛，電視上的選手都是這樣為彼此打氣，彷彿是在說：「我可以的。」

我們真的可以嗎？現在回想起來，老師會那樣寫不是沒有原因的。有些事，再多的臆測也不會有個結果，總要經過時光之流的淘洗，隱藏的脈絡才會逐一清晰。大聯盟是個多麼虛妄而遙遠，一個說出來誰都會嘲笑的夢想啊！有多少男孩曾有過這樣不切實際的想法呢？又有多少人窮盡一生的氣力，只為了更靠近那座棒球聖殿？

那天比賽的過程我記不得更多了，一路拉鋸吧，來到九局下半，天色漸漸暗了下來。平手、滿壘、兩好三壞，我緊緊握著棒子，一輪溶溶的落日在不遠處懸浮，金檳的光繡在水面上，像是寶石切面，我的心怦怦地急速跳著，也是那般輾轉閃亮。

K深吸了一口氣，抬起腳，跨出一大步，幾乎劈腿平貼地面，把自己繃成一張稍縱即逝的弓；手臂延展，伸直，一個白影從指間噴射了出去。他的球只有兩種：直球、指叉球；我也只有兩種選擇：揮棒，或不揮。

因為把球牢牢卡在兩根手指內側，所以指叉球飛出的時候幾乎沒有橫向的旋轉，空氣阻力比直球小得多。那時，被呵護安好、被潤飾剪裁的世界正是這樣浩浩蕩蕩地在K和我的眼前攤展。我們當然知道要成為一位偉大的棒球選手，要能夠打大聯盟，得從更小的時候就開始接觸、得經過一長串不見天日的磨練，要有天分、要有體能……而我們什麼都沒有。

逆光的視野裡，K的球彷彿刮下了一片晚霞，直直朝我這邊衝撞過來，層層赭紅沿著噴射的軌跡燃成一炬大火，頃刻燎原，華麗斑斕。那些蓬勃的憧憬都鎔鑄到了其中，沒有阻力，比普通直球更為剛猛。我幾乎能確定那是指叉球了。

少了空氣阻力，重力影響更是肆無忌憚，這反倒進一步干擾了氣流，產生亂流。指叉球便是藉此達到倏地下墜的效果，我的眼睛緊緊盯著，被騙倒過那麼多回，不會再上當了。我不會揮棒的。

可是如果出手時，放球點刻意高一些的話，指叉球下落後會剛好削進好球帶。這使我的心開始動搖，不到一秒鐘的時間裡，在兩個選項之間急速懸擺。整個胸膛被搔得癢癢的，球愈來愈近、愈來愈近，晚風被極致擠壓，啪啪啪的聲響逼迫我做出決斷。

球落下了，懸崖邊滾下來那樣。

我的頭腦還沒下達最後的指令，球已經無可挽回地落下了。

那是一幀周遭色彩灰白、聲音頓失的畫面，像是卡帶定格的老電影。

然後三壘上的小A叫了出來，K也是。

所有的事情都發生在那麼一瞬間，我還來不及反應，一切的失序便戛然而止。球落在地上，揚起了本壘板旁的砂土，一陣風吹過，迴旋連綿成一帷瀉下的簾幕。小A又跳又叫地跑回來，推了我一把，其他的隊友也是。「壞球保送啦！我們贏了！」

K落寞地走下投手丘，匆匆收了自己的東西便要走了。「不是剛剛誰說了要去吃冰？」

K沒有回答，留下我們面面相覷。

忽然間什麼都不一樣了。茫然的日暮，微涼的晚風，霞光烘頰，餘曛在樹。我們就這樣惶惶地升上了國中。

K一開始還有加入棒球校隊，可是輸掉一次重要的比賽後，禁不起教練的責備，大吵了一架，便退出了。據說他跟隨父親的腳步踏入了灰黑的邊緣地帶，開始抽菸喝酒，偶爾聚眾鬧事。有次他在臉書上放了一張拇指布滿紅色痕漬的照片，洋洋灑灑炫耀著如何以少搏眾，打退了另一群人。我以為那是受傷了，近看才發現那是在警察局做筆錄，蓋指印留下的痕跡。「不過是蓋個章而已嘛！」他這樣寫道。

世界於此慢慢地向我們展露完整的一面，而這一切其實在一開始就已然注定，只是我們最初那超乎常人的熱情、天真、狂妄，輕易地屏蔽了真實世界的殘酷。我參與了K在夢想初萌發的那段時光，比任何人都還熱烈而近乎瘋狂；然而現實殘酷的引力慢慢取得了主導權，太強大的力量使得K在熱情燃燒殆盡後急速向下墜落。同時間，我上了一所升學導向的國中，心思整天繞著課業成績打轉，猶豫，徬徨，還來不及反應，K的人生已經完完全全偏離了好球帶。他突然告訴我，他要結婚了，他要當爸爸了。這一切，在一開始就注定不一樣了。

關上手機螢幕，閉上眼，我兀自揣摩球場上，那些懸繫著命運的軌跡。毫無疑慮，這次朝我飛來的是一記坦率的直球。

希望這球會安安穩穩地進到好球帶裡了。

——選自《行星燦爛的時候》，九歌出版，二〇二〇

●——○筆記／石曉楓

翁禎翊是非常早熟的創作者，二〇一三年就讀建國中學三年級、剛滿十八歲時，便以本文榮獲林榮三文學獎散文參獎，後收錄於處女作《行星燦爛的時候》。

決審委員陳義芝認為本文「可以當運動散文讀，更是一篇表現愛與希望、質疑與困惑，飽含成長體悟、情誼感傷的文章。」道出了閱讀指向的雙重性。就「運動」層面而言，閱讀這篇散文可以讓我們同時思考，台灣過去曾有劉大任、楊照、唐諾、詹偉雄等球迷，相繼寫過《強悍而美麗》、《場邊楊照》、《唐諾看ＮＢＡ》、《球手之美學》等運動散文；焦桐也曾為文論述運動散文美學，列舉了陽剛之美、尚武精神、專業知識等特質，但當全民熱潮消褪時，運動散文何以繼之？固

然這不算篇「標準」定義下的運動散文，但也啟發了我們特定素材應如何深化、開發的可能性。

從「成長」層面而言，全文以「你會來嗎？」的懸念起筆，以極有畫面感的筆調，開始回顧童稚視野裡所看到的世界，透顯了升學主義的功利性與命運的殘酷性，K在學校裡的被冷眼、被霸凌、被無視、被貼標籤，經由「我」的旁觀視角赤裸裸地揭露。指叉球是命運的重要隱喻，「指叉球離手後比一般直球更為剛猛，到達本壘板的最後一刻會突然下墜」，那麼對K而言，他所勤練的技法究竟會是擺脫流氓世家宿命的漂亮出擊，抑或終將成為懸崖下落式的自我沉淪？小學畢業前的那場球賽，是命運分殊的預示與重要轉折，作者非常聰明地以慢節奏方式，細描九局下半那顆兩人對決的指叉球。而「那時為什麼沒有人多問問K的棒球打得怎樣呢？」則迴盪著所有對K的共感、惋惜與祝福，情感節制而動人。

翁禎翊，一九九五年生，臺灣大學法律研究所民法組畢業，大學輔修了日文系。現事法律業。曾獲余光中散文獎、林榮三文學獎。與凌性傑等人合著旅遊書《慢行高雄》，出版個人散文集《行星燦爛的時候》。

吃水蜜桃

黃麗群

就算是西瓜，也聽說過有誰不吃的。儘管生長那麼努力，煙砂地裡結果，又鮮豔又清冷，又甜黏又爽利；儘管它把每個熱天午後的所有淋漓之致都占盡。但有種彷彿雷雨從泥土裡催打出來的青腥氣，某些人不喜歡。

或就算是荔枝，也聽說過有誰不吃的。玉荷包口感偏向委靡，桂味太脆，黑葉有熱帶果子常見的輕微瓦斯味道。而不管哪一個品種肉裡同樣容易生蟲，從核裡黑爛出來。運氣不好的時候，走路跌倒，起床撞到頭，嚼口香糖咬破舌尖，一掛荔枝買來丟掉一半。

可是好像沒有誰不喜歡桃子吧。桃子沒有什麼苦水，不大可能渺渺，也不大可能蒼茫。熟悉的漢文化典故裡它徹底是正大仙容，桃之夭夭灼灼其華。投以木桃報以瓊瑤。吃掉西王母的桃子立地再活三千年。戀愛中的彌子瑕咬了半個遞給衛靈公。二桃殺去三士時，也不覺得險惡，反而心想：「啊那兩枚桃子肯定是好得不得了吧……」《三國演義》鋪陳的金蘭之約，小說家讓張飛講一句：「吾莊後有一桃園，花開正盛。」於是長手臂，大嗓門，朱面膛，三個人就紅粉撲撲地結拜了……現在想想才意識這簡直萌到有點腐。

或說某個字眼，即使單獨不清爽，與桃子接枝，感覺一下子好很多。例如油桃，毛桃，一片憨甜。蟠桃不再是龍頭龍腦的樣子，呼出仙氣。美麗的則更美麗，夏初如果勤快上市場，可以買到一種早生品種叫做五月桃。五月桃，這樣唸出來，口齒都五光十色，好像不必真去吃了它似的（當然，還是建議你真去吃了它的）。至於白桃黃桃，氣質清潔無比。

直到一年最苦熱焦燒之際，我所喜歡的水蜜桃就大出了。

●

吃水蜜桃是拿捏的事情，或者說，整顆水蜜桃都是各種關於拿捏的事情。例如說，不知何故，到今日它其實也不是特別昂貴，本地也多產，但就有稍微偏離日常指針的感覺，彷彿吃它不是吃它而是赴一個與水蜜桃的約會。有種意識上的拿捏。超市裡那些像神話故事裡摘下來的精選者，無須多描繪，即使在馬路邊，大暑之夜，見到一卡發財車，車頂支開涼篷，懸掛幾顆燈泡，白漆薄木招板聊賴刷上紅字「拉拉山水蜜桃」，也忽生優渥之感。

「今年好像還沒有吃水蜜桃。」

「嗯……」

每次都這樣說，不過一旦遲疑，車子已經過去。過了就過了，這沒有必要特地回頭。好像也從沒看到這樣的攤車旁出現主顧。

因為買一般還是在傳統市場買。攤子把它們一盒一盒打開，品相價格有上有下，級別各樣，落差很大，究竟吃到哪一個位置，才帖然而舒展，合於所謂享用的道理呢，此時不免斟酌，會想一下。這從來就不是花錢愈大愈好的事，有時接受貴價後的一咬牙，更顯出底襯的不自在與逼仄。桃子們背後七橫八豎著一些手寫的小標牌：「請勿隨意觸摸」、「請勿捏」。顧店的老闆見到有人流連，捏著筷子捧不鏽鋼碗走出來，嘴裡嚼滷蛋一樣（可能真在嚼滷蛋）招呼我們：「看看啊，要什麼。」

老實說，左看右看，都不是非常好看。天氣真的太熱，香蕉滿面衰老，西瓜腹內沉滯，水蜜桃臉色薄白。我們對他抱歉地笑一笑，意思到了，他沒說什麼，表情也不以為忤，碗筷放著，俯身將散亂的芭樂堆成塔。芭樂梗的葉子厭倦地掉下來。

●

水蜜桃好看在哪裡呢，水蜜桃好看在於它全身都是身體。這句話文理不通，但似乎非得這樣說不可。自然界為什麼有模樣這麼直白的物產，想想都覺得充滿幽默感，而且在夏季這種身體全面開放的季節，坦蕩蕩地結實出來，更是非常促狹。像皮膚，就連汗毛都模擬了；像頰腮，就連血色都模擬了；至於像大家最熟知的，帶有肉感的身體部位，則連左右的分野，都隱約一線凹弧優雅地模擬了。即使「請勿隨意觸摸」、「請勿捏」，也模擬了：確實是不適合自行其是地伸向不熟的他人的身體。身體當然同樣是考究各種拿捏的事情。

也模擬了熟。這裡說的熟不是那樣的熟。水蜜桃的熟，是說熟就熟，像一個人與另一個人的親近，它既是漸漸，它也是瞬間，當不可究竟的一閃出現，忽然就知道可以了，知道易瘀易傷的可以安心交給對方運輸了。所以，我其實討厭某種老式口吻，將女孩的青春生發，及其欲與被欲，借指為「熟了沒」（便也不提那系列經典港產電影了）。我是說，與其關心對方熟了沒，不如弄清楚對方認為你跟她之間熟了沒。如果答案為非，那麼生或者熟或者所謂的算不算過熟則統統不關你的事。

不過現實的水蜜桃熟不熟，有點關我的事。產季說過就過，還沒吃到好的，去進口超市看到碩大完美昂貴的，所謂的貴是說，牙齒深入它消流的體質時，心中難免會出現惜憾感。請別誤會，珍重食物很正確，我並不主張糟蹋。但那惜憾感確實是格格不入，讓人不敢欺負，就沒有買。水蜜桃好像很逗人欺負，愈鮮嫩可喜，就愈不想小心翼翼托住，要滿抓滿拿，用力捏一下，它就委屈出痕，大口咬它臉頰，它就流淚滿腮。淚水甜極了。（以及，你想一想《以你的名字呼喚我》裡的名場面……）「17塊一籃的桃子／第4天就開始爛的夏天」，讀到夏宇此句時覺得17塊真是很有意味，確實能毫不心疼咬哭它們或擺爛它們，不去可惜它的嬌貴，甚至是有點淩厲對待它的嬌貴，才特別好吃。難道是，因為水蜜桃的樣子太讓人恍惚感到是同類、且太像人類裸露出情感的那一面，就不可克制地想要稍微殘酷嗎。

同時也不明白其矛盾：這麼脆弱不祚的，這麼艱於時光的，為何一向被視為福祿壽考。可能最早編故事說給大家聽的那個人或者非人，厭倦於聽故事者眼中對生之幸福，與幸福之永恆的無望猜想，也忍不住稍微殘酷了。若欲所愛想者如金如石，就偏偏以一種即融即解，馬上發黑的東西，拐騙你。

●

「有一個認識的水果商剛進很漂亮的加州水蜜桃，我訂一箱分一些給你。」

「好喔。」

所以過一陣子，還是有水蜜桃被帶來了。「我覺得還不能吃，你放一放。」對方說。

每晚問候水蜜桃。

「今天能吃了嗎？」「不知道，我去捏一下他屁股。」

「今天能吃了嗎？我的已經能吃了，大概這裡比較熱。」「我的還不行。」「今天能吃了嗎？」「好像還不行。」「你怎麼知道。」「我有捏他屁股他屁股很硬。」

直到某天，在電話中間，對方忽然發現有異。「你一邊在吃東西啊？」「嗯我在吃水蜜桃。」「喫可以吃了喔？」「啊對！我忘了跟你講，」我說，「已經熟了。」不是說過了嗎，它說熟就熟。

我迅速地在兩三天內把它們統統吃光，時機正好，甜到不可以，不能拖。這是壽而不壽之物，福亦非福之物，既矛既盾之物，可仙可腐之物。隨時就會好了也隨時就要壞了之物。故也難怪以來它總象徵於欲望，連繫於愛情。但我個人是覺得，欲望或愛情或萬壽成仙什麼的……每一樣，都不如盛夏回家，開冰箱，啃噬一整顆早上冷藏的水蜜桃。

吃時張羅狼狽，口舌消溶，手背亂抹嘴唇；吃完洗手，刷牙睡覺，搔爪就忘。明天早上要換百香果吃。

只有雙手，不太甘願於已沒有那美麗雙頰能撫摸，所以，在指尖，偷留了水色蜜色桃色的，倏忽的輕香。

——選自《我與貍奴不出門》，時報出版，二〇一九

●———○ **筆記／石曉楓**

二〇一八年夏天，《自由時報》副刊編輯室策畫了「夏天吃水果」專欄，邀請王盛弘、王聰威、鍾怡雯、黃麗群四位作者，分別撰寫〈挖耳朵〉、〈媽媽的水果規矩〉、〈那些跟鳳梨有關的〉、〈吃水蜜桃〉四文，直可視為「飲食」文的另類競技。黃文為專欄末篇，發表於當年八月廿日，後收錄於《我與貍奴不出門》。

本文寫得刁鑽機靈，起筆不入正題，先以西瓜、荔枝之側寫，烘托桃子之受寵於今人；不獨今人，亦受寵於古來漢文化。而為證明此果物之「正大仙容」，乃以連續性典故如《詩經》的〈桃夭〉、〈木瓜〉篇，班固《漢武帝內傳》裡記載東方朔偷桃、《西遊記》中孫悟空偷吃蟠桃的故事，《韓非子》彌子瑕的「餘桃之罪」、《晏子春秋》裡的「二桃殺三士」，以及《三國演義》裡桃園三結義的金蘭之約等，反覆鋪墊出主角的底氣。「直到一年最苦熱焦燒之際，我所喜歡的水蜜桃就大出了」，至此洪鐘定調，正宮總算上場。

一登場便是個令人難忘的漂亮句子：「吃水蜜桃是拿捏的事情」，此處「拿捏」用得好，雙關實與虛、手感與心念。又有「水蜜桃好看在於它全身都是身體」，這「身體」的評價也在理而妙，從皮膚、頰腮、臀弧到「請勿隨意觸摸」、「請勿捏」，同樣實虛兼具、拳拳到位。此後轉入的，則是倏忽一閃的冷酷與無常，教人頓生渺惘之傷。然而作者偏又不讓你沉湎過久，轉折間復跳寫桃熟而食，那「搯爪就忘」的沒心沒肺，則是無情的灑脫與爽利。

全文曲折起伏、妙趣橫生，充分展露出作者慧黠伶俐的個性。閱畢齒頰也兀自獨留「水色蜜色桃色的，倏忽的」文字輕香，餘味深長。

黃麗群，一九七九年生於台北，政治大學哲學系畢業。曾獲時報文學獎、聯合報文學獎、林榮三文學獎、金鼎獎等。散文作品連續七年入選台灣九歌年度散文選，另亦入選台灣飲食文選、九歌年度小說選等。著有散文集《背後歌》、《感覺有點奢侈的事》、《我與貍奴不出門》；小說集《海邊的房間》；採訪傳記作品《寂境：看見郭英聲》等。

我的小村如此多情

房慧真

二〇〇五年五月二十六日凌晨四點四十九分四十八秒，是「單向街」天工開物一刻。我選好部落格套用的版型，不知所謂地抄了一段已故劇場人陳明才的文字，在後台編輯送出：「啊！這時間真是不斷地時間差，他們在講，他們在講，在我的背後講，但，明明他們在前面，酒潑落地，兩雙女腳行過，他們在吃或者交談些什麼，我無法明瞭，因我掉落在永遠遲了十秒的時間裡，那邊有光，暗了。」

那年初夏，朱子全集堆成一堵厚牆，將我圍困在研究所期末報告中，下半夜我通常還醒著，離天亮之前還有幾個小時可以在電腦前磨蹭，到了早上略為梳洗，拖著徹夜未眠的困倦，沿著椰林大道走到盡頭去上早上八點的日文課。凌晨四點，早鳥還憋著、蠢蠢欲啼，我卡在日夜交接的縫隙中，論文難產，進退不得，煩躁不已，於是切換視窗，創建一個部落，也開啟一個新的世界。

當時的樂多日誌有句slogan：「一個人對世界發出聲音。」發出聲音的方式是安靜的，寫網誌沒有臉書那麼強的存在感、表演欲，臉書送出貼文的下一刻，讚心哈哇泣怒的表情符號隨即沾黏上來；部落格的日誌性質更像是存放日記的一格一格抽屜，寫了就丟進去，有人來默默翻了日記也不出聲，潛水好一陣子才浮上來，手扶桃樹，輕輕地問一句：「噢，你也在這裡嗎？」

部落，是遠在城邦與國家形成之前，小規模的聚合，那是規避大一統帝國高壓統治的小國寡民，雞犬相聞，小村如此多情。不必學著寫程式就可翻開一面網頁，部落格的介面簡化許多，電腦白癡也可上手，因此部落民像是沙漠裡的貝都因人，行囊不必多，只要有一頭雙峰駱駝、一頂可以收起來的簡易帳篷，就可以上路。挨著綠洲，一座、兩座、三座帳篷搭了起來，形成更大的部落，夜裡紛紛點起油燈，以鷹羽交換琥珀，揉草芯編織涼鞋，下一次再拔營出發時已成規模壯盛的沙漠商隊，逐水草而居，聚散有時。

部落時代人與人交會的方式古拙，應對進退有節，是田園牧歌式的情感，來客往往留言幾次後才附上網址，邀對方去自家拜訪。部落主人也還沒發展出刪好友、封鎖、屏蔽等快速解除關係的獨斷。部落不大，來者是客，五十個嫌多，三十個剛剛好，不像臉書交友上限可達五千，而人終其一生能夠真正熟識的朋友不過五百。在部落裡，除了耕讀除草寫文，也日日固定去其他部落「巡田水」，看別人的田今天長出幾吋新的秧苗。耕作巡田的部落日子不被大數據演算法決定，人們循著熟悉的田間小徑去沽酒話桑麻，所過眼的天光雲影並不被那隻需要下廣告推播的AI獸決定。部落民往前走向世界，而非篩選後的世界突然被推到眼前，目不暇給，無從選擇。

部落民不必是專業作家，文章自行編排線上出版。再冷僻的主題曬出來，都有識貨者能聊上幾句。聊歐洲電影，費里尼《大路》流浪藝人悲戚的小喇叭聲飄散風中，下一個人來接龍，接上陳映真〈將軍族〉送葬隊西索米悽慘無言的嘴。聊當代文學，有人吟誦《蒙馬特遺書》卷首「我祝福你幸福健康／但我不能完成您的旅程／我只是個過客」，引用自安哲羅普洛斯的電影《鸛鳥踟躕》，下一個人回答在重慶南路武昌街口騎樓下的秋海棠藝術電影攤（二〇〇七年歇業）或可尋覓。冉冉升上麗日晴空的駱以軍當時還不是臉書上耍寶逗趣的駱大，百科全書式的辭典書寫部落民可一路從《西夏旅館》追到波赫士拉丁美洲文學大爆炸，冷僻一點的還帶上塞爾維亞小說家米洛拉德・帕維奇的《哈札爾辭典》。我的部落「單向街」的取名自然來自德國思想家班雅明的童年回憶散文《單向街》，我在北京的書店裡發現一整落班雅明的《駝背小人》，興奮地往部落裡大吼大叫，《駝背小人》誰要！山谷裡的迴音絡繹不絕，我一口氣駝了二十本過海關，回到台北，分送給許多第一次見面的網友，包括聊英式搖滾而認識的江凌青（一九八三－二〇一五），將《駝背小人》交到她手中，還捎上幾本莒哈絲，距離她研究所畢業去英國讀書還有五年，距離她第一次出書七年，距離她流星般地驟逝還有十年。

「那邊有光，暗了。」——陳明才〈奇怪的溫度〉

二〇一九年四月一號愚人節，樂多部落壽終正寢、清空所有網上資料，這並不是個玩笑，我在記事本上用紅筆寫上「記得備份」，還打了兩顆星星，將純文字檔打包丟進抽屜深處，宛如打包了一輩子。終局並非突然降臨，而是緩慢綿長地走向衰落與全然寂靜，二〇〇五年啟用，二〇〇七年我將部落格上的文字集結，成了一本書《單向街》。「單向街」最後一篇發文在二〇一〇年，這一年正是我的臉書元年，此後長達九年的時間，「單向街」如同漂流在外太空，失去動力引擎的迷航星船，仍然存在著，卻與地球塔台徹底失去聯繫。許許多多曾經創建「部落」的五、六、七年級生，在推特、噗浪、臉書、IG之外，幾乎都有一兩個棄置已久的部落，曾經辛勤灌溉，如今芒草齊肩，數年無聲響不更新，擱淺在半垂死狀態。無名小站、痞客邦、天空、奇摩、樂多……如今不是被宇宙黑洞收回，就是成了孤獨自轉的寂寞星球。

回想被鑲嵌在千禧年過後、臉書崛起之前的部落時光，便覺得同在網海浮沉，但歲月靜好、時光悠長。沒有那麼多被誘發出來的膝反射反應，焦慮無處不在：被演算法淹沒不被看見的焦慮、按讚分享數的焦慮、交友邀請送出未回覆，以及終極大魔王：被解友封鎖的焦慮，不，最後一項不是焦慮，而是恨意，陰惻惻地恨著沒說過幾句話的泛泛之交，在線下世界從無經營這段關係，但關係一旦藉由浮泛加好友而微弱連結，締結輕易，斷絕卻有傷。

從部落到臉書，載體的改變並非只是技術上的典範轉移，而是科技雞婆地多做一點什麼，便伸出尖銳的觸角不斷扎人，臉書各種發明出來滋生憎恨的機制：不必一一清查，透過一個程式就可以知道誰將你解友封鎖。人一旦上線顯示為綠燈，去訊為何不讀？既然已讀為何不回？每一個表情都有多重解讀，臉友在討拍文下按了一個「哈」，那表情是善意的微笑還是看好戲的訕笑？不應門鈴、不接電話，人與人不見面無實體接觸，在網路上卻無所遁形，每一次食指的觸擊都可能輻散一波負面情緒，第一張骨牌傾倒，跌向無可挽回的惡戰，那就互相來傷害呀！此恨綿長無絕期，繼續沃養下一波的網路惡戰，人與人並不相忘於江湖，而是黏膩地困在沼澤裡互相折磨。

一位沒有銀行帳號與提款卡，從不使用臉書，從資本主義世界「drop out」的藝術家對我說，任何物質都有其內在的精神意志，包括臉書。誕生於一九八四年歐威爾老大哥寓言年份的Mark Zuckerberg，創建臉書社群的起心動念，是為了羞辱、報復前女友。臉書從一開始的胚胎，成長為在全球有近十五億使用者的網路統治者，十五億根手指點擊滑動造就可能是語言文字被創造以來最浩大的人類情緒扯動，日日夜夜，敏感活躍的全球神經位元被壓縮進那讓工人跳樓血汗工廠製造出的小盒子裡，人機一體並不分離，占據所有大塊時間，也吞噬所有通勤、等紅燈的零碎時間，那是一平方公分的喧囂，愛如無根浮萍，恨如拍岸潮水，潮水沖來下一具水流屍被獻祭投河的巫，咬牙切齒的恨一個人際關係六度分離之外的陌生人，罪名取自懶人包，判官般地數其罪狀，而不自問：為什麼需要恨？為什麼要恨一個陌生人？

恨一個被拉下神壇的名人，恨一個被公審的無名小卒，無來由的憎恨如紅了眼的狂犬，發狂撕咬，生活中受到的壓迫與剝削卻如貪睡的貓，翻了身再沉沉睡去。不恨失能國家，不恨無良企業，也不恨惡劣雇主，臉書時代，我們恨那些與我們相像的渺小個體，手握封鎖、審判他人的微小權力，便覺得可為所欲為。已故的英國社會學家Zygmunt Bauman曾說：「尼采沒有也不可能設想一種包括臉書、推特的世界，在這個世界中，建立或打破人際關係紐帶、把他人包裹進生活或排除於生活、劃分『我們』—『他們』邊界的一切行為，都同時即刻呈現，並只需指尖就可以完成。在這樣的世界中，一個人對另一個人施展權力，以及隨之而來的巨大快感，都變得毫無節制。」

為所欲為的另一面，是失能軟弱的真實世界，是派遣零工非典型無保障就業的各個擊破，是被欺壓權利受損了摸摸鼻子一聲不吭，是逐漸原子化的孤單個人散落在光纖網海波濤求生搶奪救生圈的殺伐戾氣。我的部落，我的小村曾經如此多情，但一切都回不去了。

——選自《自由時報》副刊，二〇二〇

● —— ○ 筆記／石曉楓

本文題目化用齊格飛．藍茨（Siegfried Lenz, 1926-）的書名，藍茨此書取材自家鄉呂克的童話與鄉野軼聞，而房慧真的文章也充滿了懷舊筆調，只不過其所懷者並非物質意義上的空間或地方，而是虛擬的網路世界。

廿一世紀開始的前十年，部落格曾經一片榮景，樂多日誌、無名小站、奇摩、天空、痞客邦，作者將之比喻成一個個小規模聚合而成的部落。「創建一個部落，也開啟一個新的世界」，於此一方之地，訪客在漫無目的的遊蕩裡偶然造訪、又默默離去，留或不留下聲息相通的暗號都無所謂，有意者自會循著小徑持續造訪，這是看似無情卻多情的流連。房慧真的多情還在於她將虛擬世界形象化，款款細訴沙漠裡的部落民如何搭建帳篷，逐水草而居，聚散有時。

但相較於傳統的紙媒，分明部落格其時可是前衛無比的溝通方式，我們驚詫於它的自由與便利，然而越是時效迅速的流失，越是反襯出懷舊的無力與尷尬：臉書倏爾取代部落格；越數年，又迅速成為年輕人棄置、獨留老人使用的社交軟體；IG、推特取代臉書，現在則還要加上抖音、小紅書。社群媒體轉化之快速，恰恰符應了陳明才「不斷地時間差」之預言，為此房慧真更要眷眷以張愛玲手扶桃樹的古典，點染出懷舊的綿綿無絕期。

網海浮沉，作者對社群軟體有本質性的理解，全文寫得如在實景，卻又分明不是實景；既非實景，但真情假意卻又錯綜其間。難能可貴者尤在於，本文仍能展現房慧真一貫的博學多聞，且敘且議的社會批判夾藏在抒情筆法裡，充滿了懷舊中的警醒。

房慧真，七〇年代生於台北，長於城南，臺灣大學中文系博士班肄業，重度書癡與影癡。曾任職於《壹週刊》、《報導者》，獲調查報導新聞獎若干。著有散文集《單向街》、《小塵埃》、《河流》、《草莓與灰燼》；人物訪談《像我這樣的一個記者》；報導文學《煙囪之島：我們與石化共存的兩萬個日子》（合著）。數次入選年度散文選，以〈草莓與灰燼—加害者的日常〉獲二〇一六年度散文獎。

桌遊故鄉：文具行

楊富閔

賣報紙仔

一九八七年，日治時期老作家龍瑛宗在《臺灣新生報》發表〈還鄉記—素描新竹北埔鄉〉一文，述說闊別竹縣多載，再回故鄉北埔，見證小鎮種種有感。老作家爬上了舊時的秀巒山、過彭家祠、金廣福、慈天宮，七十七歲的龍瑛宗且以國語重繪眼前現代地景：「十七歲踩出鄉關以來，已經好幾十年的時光流逝了。返鄉那天，看到故鄉有二家書店『北埔書局』和『良才書店』，這是幾十年前看不到的形象，獨個兒私下沾沾自喜。」龍瑛宗為該段私擬的小標題為「故鄉在變矣」。

二〇一三年，我成長的台南縣大內鄉，仍缺乏一間像樣的冊局、書局，設若書局象徵就學指數與知識標的，我的故鄉非但沒有在變矣，僅剩那間「賣報紙仔」數十年來維持一地文化水平：我的上一輩、上上輩大概都曾放學途中流連於此。上課前我來買過蜻蜓牌橡皮擦、尖頭的修正液，苦湊著零錢，想必你也是。

「賣報紙仔」臨時搭建於舊時菜市場、公車站附近，昔日大內最熱鬧地段，離我家一百公尺，據說那平房店面還是我們楊家祭祀公業。近日回鄉，路過「賣報紙仔」，但見三片鐵門緊閉，一張紅單上書休市大吉，問人才知店頭家清晨送報過程發生擦撞——是大家的老朋友了。

這陣子我所懷想的並非書報攤的故事，而是鄉村學童的物資來源，以及店內來不及售罄的新舊文具。「賣報紙仔」業績銷路與國民學校的課表密不可分：自然課買溫度計、體育課買呼拉圈、美勞課買雲彩紙、數學課買圓規、三角板與量角器，書法課買手提文房四寶組。書法課又叫寫字課。

「賣報紙仔」右邊是人聲鼎沸羊肉攤位、左邊是半世紀的理髮間。進門但見文具清清楚楚展示你的眼前，舊式家屋空間改的，還得見一點點東洋風味，九二一地震沒給垮掉的危險建物，其實屋後早已成了廢墟，可那崩落的天篷隔板給陽光折曬而入，光影瀑洩在朽壞的門窗。「賣報紙仔」牆垣梁柱全是植物繞著：九重葛、炮仔花、恰查某……空氣瀰漫爆炒羊肉的牛頭牌沙茶醬香。

三年級放學，透天厝不見人影，阿嬤獨留我一人練習顧家，我常拿一元硬幣來買一張圖畫紙，回家坐在客廳面壁靜定畫到母親四點下班。畫作內容就是心靈圖示：連綿丘陵、芒果樹、壞農舍，太陽跌落山谷，圓餅圖的百分比。這是日落，還是日出呢？五年級時，母親替我添購一張學生書桌，天天案前我將卡通劇情與鄉野傳奇編纂故事。我買了空白筆記本十幾本，寫斷一打又一打的原子筆，成績從此掉出前三名。那也是我創作的初始，偷偷摸摸就怕被家人發現。

關於生命中的第一間文具行，此刻聯想所及，處處都與文字文學相關：玻璃櫃內喜洋洋十二色彩色筆、能上鎖的鐵皮存錢筒充滿隱喻、厚厚一層灰的羽毛球拍很笨重是提醒我要運動，國旗只在國慶、光復節開賣，雷射春聯終年垂掛，隨風熠熠拍打如腳踏車反光貼紙，雀鳥、蒼蠅都嚇得不敢靠近——

所以，你生命中的第一間文具行又在哪裡呢？

文具加工廠

一直要到廠房空空蕩蕩，我才知道原來鄉內有間文具加工廠。

母親騎車載我趕到，車棚、倉庫與空地，視線所及早已布滿文具屍體：上千把短尺長尺折疊尺、長耳兔造型的剪刀、堆疊成山的調色盤像待洗的盤碗、仿冒七龍珠的墊板，好康都被搶光了吧？我們還是遲了一步。置身如回收垃圾場的母親喜孜孜在挖寶。她蹲身低頭，偶爾高高擎起一枝筆、一籃水彩水袋，問我：「你要嗎？」那一定是我今生到過最大型的露天文具店，必須腳踩文具吃力向前，而我常常愣在原地，不斷張望——我們是偷偷闖進來的，為了不引起人注意，還將鐵門關起。眼前滿坑滿谷的文具，到底又是要留給誰？一間被放棄的文具工廠讓人感到無比空惘，散落的水果造型橡皮擦，一如我們農村賤價剩產的作物：柳丁狀、文旦狀、蕃茄草莓狀。那是我初次犯罪吧？罪名叫做文具盜竊，非法入侵私人居地。母親帶著我。

我的第一篇文章叫〈冬夜〉，發表於大內國小為了慶祝八十二年校慶而製作的刊物《大內兒童》，題目與一九四七年呂赫若的一篇小說創作同名。我六年級，仍是好勝、不肯服輸的孩子，最喜歡唱楊宗憲的〈誰人甲我比〉，卻遲遲得不到母親肯定，所有來自我的優異表現，她一概視作好運，遂讓我將此次發表當成博得母親認同的好時機。

呂赫若的〈冬夜〉發表在《臺灣文化》，小說敘寫戰後初期台灣物價飛漲，百業蕭條淡水街邊，本省女性楊彩鳳婚姻、性別與政治的故事，那也是呂赫若最後的小說創作，時間是發生二二八事件的一九四七年。呂赫若據說死於鹿窟事件，屍骨無存，他的生命亦如小說戛然止於數聲槍響的冬日冷街；而我為了寫出冬夜椎心刺骨的筆觸，整整構思兩個禮拜，調動許多場景：哆嗦打圍巾的路人、蜷縮毛毯上的野狗，以及沿街叫賣燒仙草的阿婆——《大內兒童》這份刊物通過村長通路，很快在鄉間流傳開來，受眾率百分百，每天放學我期待母親讀畢，前來褒獎一番，親戚同她誇佩我的作文能力已不是頭一次了，這次母親鐵定開心至極——

記得是星期三，下午兩點放學進門便發現《大內兒童》平躺電視機頂，心中雀喜，卻裝滿不在乎。母親見我，隨即喚我至二樓荒廢多年的暗房，那裡積放家中無數壞家電、一張笨重的鐵書桌，牆面貼有父親年少的運動獎狀，一家七口衣物全都累趴在老舊彈簧床上。

母親拉我挨坐她的身邊，深怕別人聽見，母親以審判罪犯口吻逼問於我——你的文章，是不是抄來的？

寫作讓我低頭，俯首振筆同時讓我謙卑。

寫作的兒子讓生我育我的母親感覺害怕，只因我正虛構一座她看不見、也進不去的世界，那裡是否險惡如戰後的淡水街邊、槍聲林立；寫作若與死亡相隨，難怪她阻擋我，難怪她故意說：「抄來的吧，我們家附近哪有賣燒仙草的阿婆？」

事後母親為我買了零點三八、百樂十二色極細鋼珠筆組，一套要價六百塊，那該是「賣報紙仔」店內金額最高的商品，單支價目就要五十，曾是台灣一代小學生作業、筆記、寫畢業紀念冊的夢幻逸品。

「國語」作業簿

日前在老家翻出小學生年代的國語作業簿，桃紅色外觀，背面附有日課表格的設計，立刻咬緊我的目光——彷彿又看見八九歲習字的自己，讀三年級了，准許用藍筆寫作業。記得我固定買一支不過八塊錢的原子筆，帶有水果香氣。如今翻閱昔日國語作業，好像還能聞到殘存的一點點哈密瓜味，而那生澀的方塊字跡就是自製的香香豆、芳香劑。從小我便以為沒有人的字是醜的，甲乙丙丁的批閱字跡最醜。我喜歡欣賞同學的生字簿，一樣的筆畫、一樣的行數，都是一件件刻工精細、手法不同的藝術品，班上有名高大男同學寫字都會溢出小方格，他走起路也都斜斜歪歪的。

一九四六年四月，「臺灣省國語推行委員會」成立，台灣全島捲起全民國語熱，國語讀本供不應求，大家都在聽齊鐵恨的國語廣播、鄉鎮公家機關都在辦國語講座。我的外婆正讀小學，她是歷經日語國語，所謂經過語言轉換的一代，戰後她參加過國語演講比賽，但是讀音不夠準確，姿態也不得宜，題目據說叫做〈祖國啊，我們在這裡〉。我們在這裡看的《國語日報》其實也是國語運動的時代產物，你我早就介入了歷史現場全不自知；我也讀《國語週刊》，參加字音字形、查字典比賽，還拿全鄉冠軍，獎品是一支鋼筆。不同於戰後初期的外婆，二〇〇〇年，我獲派參加閩南語演講，只因全班公認我的台語發音道地。而我台風穩健、口齒清晰，臨場抽到題目就傻了——黑面琵鷺的故鄉。黑面琵鷺的台語怎麼講呢？

亂花錢時，我喜歡逛文具行。一如此刻突然很想離開座位，替自己買本低年級國語作業簿速記我的胡思亂想，再買一本橘色的數學練習本記帳，最後若能挑一支有哈密瓜香氣的藍筆就太好了。

我心中理想的文具行，店前當賣晚報——晚報兩字，是不是充滿想像空間？半空中掛滿降標點符號一般的排球、皮球與飛盤、還有零售的塑膠寶劍，世界地圖與旅遊指南，一根根炫目繽紛的包裝紙棒集中在傘桶隔壁，往往也兼賣書包、學生制服，還能繡學號，那代表附近有學校機關。我家只離大內國小五十公尺，住台大宿舍又緊貼銘傳國小，現在窩居秀朗國小附近，一直仰靠校園鐘聲在計時過日，二十五歲了搞得好像小學沒有念卒業。

魂牽夢縈的文具行，也要有專賣一綱多本的參考書區，太重要了，從前買參考書都得勞駕叔叔驅車至善化，參考書讓我失掉積蓄，卻也學習見證城鄉差距；也要有能窩在店內打電動的角落、時不時圍成一群，位置隱密，不輕易被逮到。文具行就該有學生嘰哩呱啦，我常站在後面聚眾，電玩遊戲看了半天，卻始終無法跟大家打成一片。

是不是也要有兩座連壁式郵筒呢？那就要賣郵票，也能代訂書籍。店面不可太大，只因晚上七點的補習就快到了。文具行的空間與挑選比價的時間要成一定比例。這裡到處是迷人的符號，可也別把自己的人生耽誤了才是。

那日，我就站在文具行的騎樓，遇見一名冒失男孩，他後背佳佳熊書包，身高一百四十五左右，人正蹲在漫畫花車的旁邊、一整排扭蛋機前的聖誕卡販賣區，仔細端詳與比價。他的手上已經厚厚一疊，人緣大概不錯吧。他的書包溢出陣陣哈密瓜香氣，他是誰？他人又在哪裡的書店？

是台北公館商圈的文具行、台南善化中山路上的立人書局、藝美書局，或者大成國小對面的尚上文摘？還是台北羅斯福路的秀霖文具店、永和得和路的上晉文具……是屏東潮州建福文具行、重光書局，或麻豆中山路的三新文具行、台中東海藝術街的西河文具、或者竟是故鄉大內的「賣報紙仔」呢？

——選自《我的媽媽欠栽培：解嚴後臺灣囝仔心靈小史2》，九歌出版，二〇一三

●————○ 筆記／石曉楓

〈桌遊故鄉〉系列應是寫作報刊專欄時的構想，作家以小鎮空間為素材，陸續創作〈小診所〉、〈嬰兒墳場〉、〈轎車的故事〉、〈寫真沖印館〉、〈黃昏啊〉、〈文具行〉、〈縣議員服務處〉、〈熱帶魚紅茶亭〉、〈美鳳農藥行〉、〈暑期安親班〉、〈老樣子理髮廳〉諸文，後分別收錄於《為阿嬤做傻事：解嚴後臺灣囝仔心靈小史1》、《我的媽媽欠栽培：解嚴後臺灣囝仔心靈小史2》二書。

若依據桌遊類型而言，此系列應屬於「主題遊戲」，故事背景在大內農村；而根據「遊戲在玩什麼」的提問，作家則在不同篇章裡用了相異的道具，營造出故事情境與氛圍。本文以「賣報紙仔」、「文具加工廠」、「『國語』作業簿」三節，連綴成文具行的完整圖像空間；以蜻蜓牌橡皮擦、喜洋洋彩色筆、桃紅色國語作業簿等精巧配件，細膩帶出童年氛圍與生活故事，其中自然暗藏了一代人的童年密碼。當作者眷眷提及帶有水果香氣的原子筆時，他說「翻閱昔日國語作業，好像還能聞到殘存的一點點哈密瓜味，而那生澀的方塊字跡就是自製的香香豆、芳香劑」，儼然充滿了童趣。而作為研究台灣文學的新生代，字裡行間又展現其文學素養與鄉土情懷，龍瑛宗的〈還鄉記──素描新竹北埔鄉〉、呂赫若〈冬夜〉等，也都在聯想範圍內。

本文收束於心目中理想的文具行，有展望，亦有對成長各階段文具行的回望，餘韻無窮。楊富閔寫作的題材很鄉土，手法卻很新世代，「桌遊」系列之發想充滿了遊戲的趣味性，又開展出傳統題材的新寫法，確是款具備耐玩性的優秀創作。

楊富閔，出生台南，寫有作品《花甲男孩》、散文《解嚴後臺灣囝仔心靈小史》、踏查筆記《書店本事：在你心中的那些書店》，以及概念創作《故事書：福地福人居》、《故事書：三合院靈光乍現》與《賀新郎：楊富閔自選集》、《合境平安》。合編《那朵迷路的雲：李渝文集》、《沉思與行動：柯慶明論臺灣現代文學與文學教育》。二〇一七年原著小說《花甲男孩》展開跨界改編，推出電視、電影與漫畫。榮獲「第53屆金鐘獎年度最佳戲劇」等獎項；二〇一九年《我的媽媽欠栽培》由臺北市立國樂團、TCO合唱團與無獨有偶工作室，聯手製作《臺灣歌劇：我的媽媽欠栽培》。二〇二〇年，楊富閔作品同時獲選「21世紀上升星座：一九七〇後台灣作家作品評選（2000-2020）」小說類與散文類。

袋蟲

言叔夏

我很喜歡房間。

很喜歡四面牆壁緊緊包圍著的感覺。在房間的中央抱膝蹲坐著的時候，總覺得好像回到了遙遠的地方。

令人懷念的氣息籠罩了上來。像是在孤寂的童年場景般的地方，無論經過了多久，都特地趕來的、某個重要的人，果真翻越重重的日夜，抵達這空無的、只有我獨自一人的洞穴般的房間，而與我相見了。光是為了這份心意，便令人感動得想哭。

雖然，並不知道是什麼人。但是，只要坐在房間裡等待，就知道他一定會來。

或許不是懷念。或許是很久以前失落的某種東西，遠在肉體被生下來前，就已經存在的一種觸感，穿透過潔白得不可思議的光芒，伸過來的一雙手，對我做出神佛般的手勢。不管在房間的任何一個角落，那手臂永遠溫柔地抱著我。

房間是我非常重要的親人。

夜晚，我在不開燈的房間裡工作著。白天，就放下厚重的窗簾睡眠。

我是作息混亂得像是空中飛人般的二十五歲獨居女性。在井一般的房間裡紊亂地生活著。穿過的衣服、打發時間而隨意從書櫃裡取出的雜誌、坐墊，與積著薄薄灰塵的抱枕，在房間的四處散落著。不過，房間沒有發出任何怨言。

不會因為沒有日曬就忍不住抱怨。不會要求增加更多家具。

「本來就該如此的地方，不能勉強。」房間彷彿凌厲地對我說著：

「就算裝出再怎麼可憐的苦瓜臉，房間就是房間，頂多是個箱子。既不會變成夏威夷海灘，也不會變成河流。」簡直像是開光般的告白，房間不用軟弱逃避現實。

壁癌、腐蝕的水管、壞掉的燈、門口鏽蝕的綠色信箱。

不管再嚴重的打擊，都將之視作物理性的敗壞。

我想，為什麼房間會有這樣意志般的堅強覺悟呢？彷彿是從有天地以來，就矗立在那裡的窟穴一般，靜謐地、安詳地存在著。有著敦煌石佛般的堅定眼神。

或許，那是因為它具有著人類所沒有的質素吧。

壞毀了也無所謂。被侵蝕了也無所謂。我就是我。而且今後也將繼續以我的形式存在下去。

彷彿聽見房間這麼說。

房間的外面，是一條靜靜流淌的河流。

不過，我卻很少到那條河邊。

在房間的陽台眺望著河水，看著傍晚散步的人們在河堤上慢慢地走著，我覺得自己好像正在他們的身邊。

不需要特意地到「那邊」去，便覺得已經在「那邊」了，這是房間所教導我的事。

我無法想像不在房間裡的自己。

在夏日耀眼的陽光下行走著，穿著光線下顯得特別鮮豔的綠色T恤，穿越著午後安靜無聲的巷道。五官與輪廓，都因為強烈的曝曬，而變得輕浮了起來。痘疤也好，黑眼圈也罷，即使是再怎麼精緻的臉孔，一旦出現在商店街的櫥窗玻璃裡，被倒映著，無論如何看起來都像是連自己也不認識的別人，而令人愈發感到焦慮了起來。

不過，在房間裡的自己就不會這樣。

房間裡的鏡子所顯現出來的，總是陰涼的、樹蔭般的五官。可以讓人安心地在上面休息。

因此，即使只是到不遠處的便利商店購買食物，我也想快點回家，與房間相見。

萬不得已要出門的時候，我也勢必帶著房間。

那是像電話亭般的設施，由隱形的玻璃所組成的四方箱子。當我移動的時候，箱子也跟著我一起移動。

如果遇到需要交談的對象，就拿起話筒，隔著透明的玻璃撥打出去，不管在街上、辦公室、學校或者電影院，房間以攜帶式電話亭的方式守護著我。

我想，如果在與朋友或者上司之類的人交談的途中，房間突然現身的話，一定會嚇到大家的吧。

「這是什麼東西呀？你在那裡面做什麼呀？而且，為什麼這個東西會跟著你到處跑呢？」想必對方要是突然看到了，也會大惑不解吧。

不過，沒有人這樣發問過。

就像童話故事裡只有「聰明的人」才看得到的新衣，房間也是一種「國王的電話亭」吧。像披著隱形斗篷般的背後靈。不管到了哪裡，總是發出幽靈般的叫喚。我的心無論何時都想與房間緊緊地結合。

簡直像是熱戀，分開的時候懷念得想哭，相見的時候又大大地鬆了一口氣，每次分離都覺得此生可能不能再相見。

所以，我的房間幾乎沒有任何訪客。

房間喜歡著我，而我也癡狂地喜歡著它，在這漩渦般的戀情裡，容不下第三者。

不過，那個夜晚，卻出現了意外的訪客。

那是一種叫做衣蛾的蟲蛹。袋狀的灰白色外殼。不仔細看的話，還以為是掉了漆的水泥屑。平時總是懸吊在天花板的角落裡，像是水滴般地垂掛著。不過，那一天，在漆黑房間僅有的一盞昏黃光暈裡，一隻衣蛾「啪！」一聲掉落在我的面前。

「這是什麼？」

正當我好奇地將鼻尖湊近，想看個仔細的時候，桌面上那瓜子殼般的白色袋狀物竟然伸出了頭。我立刻驚嚇地彈跳開來。

不過，衣蛾顯然沒有理會我。

牠只是悠閒地伸長了脖子，打了一個愛睏的呵欠，像是從天而降的仙人一般地，在桌面光圈的平原裡漫步了起來。那個樣子，實在傲慢得令人火大了起來。

「開什麼玩笑，竟把人間當作了自己的天堂嗎？請睜眼瞧瞧看，這裡到底是誰的地盤呀！」

我立刻抽了一張衛生紙，「砰！」一聲地對著桌上正在散步的衣蛾拍去，衣蛾在皺成一團的衛生紙裡，很快地將頭伸進袋狀的殼蛹裡。牠的身體非常非常小，但是，卻拖帶著很大的殼。

打開電腦，立刻搜尋跟衣蛾有關的資訊。

潮濕的雨季會大量出現，陳舊的老房子裡也為數不少，衣蛾以石頭蛹的群像在房間的四處遷徙著。

也是辛勤的紡織者。蒐集灰塵與毛屑，編織成背上那灰白色的殼。

所以，衣櫥是衣蛾最喜歡的地方。

牠們總是愚公般地搬運著衣物上的毛球與棉屑，地板磁磚上的細小灰塵，排水孔裡短短的一根一根的毛髮，然後，在黑暗的夜裡，將那當作磚瓦水泥般地，一點一點蓋起了自己的房間。

所以，衛生紙裡被捏成一團的灰白色殼蛹，並不能真正殺死衣蛾。

牠總是躲在那灰白的、粉筆色的沒有生命跡象的殼裡，直到敵人遠離，便再次地，將那細長的、懶腰般的頭伸探出來，之後，悠閒地，愉快地繼續行走。

那一定是一張只有在顯微鏡下才能被看得仔細的五官。有很大的眼睛、鼻子、囓人的牙齒。

但是，在肉眼的世界裡，衣蛾所擁有的昆蟲的臉孔，只是原子筆墨水般的黑色小點。當我俯下身張看著從殼裡探出頭來的衣蛾，衣蛾也正睜大眼睛看著巨人般的我。

一想到這一點，便覺得衣蛾是與我相同具有可以互相對視的眼神的某種存在物，而令人忍不住戰慄了起來。

凡是人以外的東西，只要擁有眼睛，就覺得對方與我似乎能夠用語言溝通。所以，餐桌上的動物，除了魚以外，幾乎都是沒有眼睛的東西。

光是注視著對方的眼睛，無論如何，就不能把牠當作食物般地吞嚥下去，因為，只要稍稍凝視著那彷彿還骨碌地轉動著的眼珠，便覺得有吃食人肉的罪惡之感，雞的臉、豬的臉、牛的臉，不在必要的時刻絕不上桌。

眼睛所傳達出來的心情，說明了一切。

那是超越了國籍、物種以及各種生物間的區別，是不能被歸類為任何一種語言的絕對性存在。在那不需要說話，就能彼此明白的話語裡，只有寬恕一詞可言。

我想，人類之所以能夠恣意地撲殺著衣蛾般的小蟲，正是因為看不見那微不足道的眼睛吧。

所以，徒手打死蚊子就像家常便飯，但是徒手打死蒼蠅卻總是令人忍不住噁心地想吐。那一定是因為蒼蠅的亡靈，以那斗大眼珠的方式，回來指責人類了吧。

看著衛生紙團裡緩緩張開的衣蛾的殼，我突然有點害怕了起來。

因為，在那無機物所編造的灰白殼裡，所居住的，是和我有著同樣臉孔的生物。在與我戀人般相戀的房間裡，還有別人存在，這件事讓我很不安。夜裡，睡覺的時候，衣蛾總是懸吊在天花板上俯瞰著我。洗完澡後，濕漉漉地走到衣櫥前，邊擦乾頭髮，邊換上衣服，衣蛾也低頭張望著我。當我惡狠狠地抬頭回瞪著牠，牠總是蠻不在乎地吊掛在原處。我想，那一定是因為牠隨時都拖帶著那棉絮織成的硬殼的緣故。

衣蛾所在的殼，是個比起自己那微薄的身體，還要來得大上數十倍的殼蛹。以人類來說，就像是一間游泳池般的大小。

不與同伴共用著同一個房間，也絕不背叛自己所在的殼蛹，不管生或者死，都跟房間相與共，衣蛾自律地、堅強地，在自己用灰塵打造出來的巢穴裡生活著。簡直像是肉體與肉體相連的伴侶。

為什麼衣蛾能夠恣意地擁有這樣的人生呢？那種像是宿命似的工作，彷彿一出生，就為了與房間相戀般地來到了世上，終其一生衣蛾都在做著同一件事。直到身體壞毀為止，而終於死在那自己編造出來的殼中。房間也成為了墓穴。

衣蛾的殼中，除了自己以外，什麼也沒有。但是，我的房間裡，卻塞滿各種東西。旅行回來的紀念品、各時期拍下的大頭照片、分手的戀人所遺留的拖鞋、搬家時從另一個房間攜帶過來的書櫃、床單與家具。

我想，如果我也有一個游泳池般的房間，我所拖帶的東西與回憶，也絕對會塞滿整個游泳池，直到它再也吃不下為止。我不是衣蛾那種家徒四壁的居住者。

不管到了哪裡，不管攜帶著再如何強固的「國王的電話亭」出門，每次回到房間，我一定會將外面的什麼帶了回來。笑語也好，哭泣也罷，別人不經意的一句問候或者心意，傷心的與不傷心的。

彷彿又聽見房間這樣指責著我：

「今天又把一些亂七八糟的東西帶回來了。你到底有沒有把我當成戀人般認真地看待？」因此，擁有著絕對戀人身分的衣蛾，帶著自己的房間，像是老年夫婦般相愛地在我的房間裡漫步時，便不免令我惱火了起來。

「簡直像是在跟人類誇耀著自己那潔白的人生了嘛！」我忿忿不平地想著。或許，衣蛾也正在吃吃地嘲笑著我。

這樣的衣蛾，在五月的梅雨季裡，大量地出現在天花板上，並且，流星般地啪啪墜落著。簡直是跳傘部隊。

掉落到地上的衣蛾，像是外星人般降落地球，而且，開始四處流竄著。

明明知道衛生紙無法完全將之撲殺，不過，我仍然在房間的角落到處追逐著牠。衣蛾很輕易地被我捏住，捏成一團，不過，即使是被用衛生紙掐到眼前，與我面面相覷的衣蛾，也完全沒有要妥協的意思。一旦我目露兇光，衣蛾便唰一聲迅速縮回了殼中。

我氣憤得不得了，於是，搖晃著手中的紙團，叫牠投降。

如果是別的動物的話，會跟我正面對決吧。比方說狗，一旦對到了眼睛，就會沒完沒了地跟上來，直到一腳把牠踢開，或者嘶吼回去。受傷也好，被說是腦袋太過單純也罷，狗就是具有那種不達目的絕不善罷甘休的厲害才華。

但是，眼前這片瓜子殼般的袋蟲，卻恬不知恥地縮進了那棉絮做成的房間，連用眼睛向我乞饒的努力也不肯做。這，到底該說是懦弱還是虛無呢？

我不敢把掐捏了衣蛾的衛生紙丟進房間裡的垃圾桶，因為，牠必定會在討伐結束後的黑暗裡，伸頭撥開紙團的皺摺，優雅地，從容地，爬回地面，之後，帶著牠的房間，繼續在黑色的平原裡睡眠旅行。

於是，只要抓到了衣蛾，我就毫不猶豫地往陽台外丟去。樓下加蓋延伸出來的鐵皮屋頂，沒有多久，就遍布著一團一團白色的衛生紙團，那裡面裝著蒲公英般正在旅行的衣蛾。

不過，即使已經做到了這樣的地步，還是不能安心的。

據說，在一個家庭裡，只要出現一隻蟑螂，就代表這個家庭的暗處埋伏了三千隻其他的蟑螂。衣蛾也是同樣的道理。網路上的人這樣回覆著我的發問：

「如果晴天的話，就把衣櫥裡的衣服全部翻出來洗，用強光曝曬。因為衣蛾很可能已經在那上面產卵，換句話說，在你看不見的地方，都有蠢蠢欲動的孵化中的衣蛾的蛋。」

我完全無法接受房間與我之間還有別人，更不用說是三千位別人。

於是，梅雨季的中間，偶爾出現的少數晴天，我都在歇斯底里地清洗著衣櫃裡的衣服，買吸力很強的吸塵器，拚命洗刷地板。

但是，當雨天再度地來臨時，房間裡的光線轉成陰涼，灰塵薄薄地從陽台的落地窗，被風吹來，在桌面無聲地降落。像是蘑菇一般。頭髮長了，只要漫無目的地在房間裡走來走去，也會在前天剛打掃過後的地板上，看到一根兩根掉落的毛髮。

我想，衣蛾這種東西，該不會天生就是用來指責人類的一切努力，都是沒有用的吧？即使掃除得再怎麼乾淨的地方，灰塵還是會再來的。排水孔的黃垢與鏽蝕，無論再怎麼用力刷洗了，經年累月，一樣會出現的。而我，作為一個人類，終其一生，都必須處在和那不潔的汙垢敵對的戰爭之中，沒有公休的時間了。那簡直像是，整個人生都在做著自我清理的工作了嘛。

忍不住要沮喪了起來，而頹坐在房間的中間。

房間靜謐地在夜晚裡沉睡著。

熟睡中的房間，有著一張戀人的臉孔。

書櫃、地毯、衣櫥和天花板。鞋櫃裡擺滿我喜歡的鞋子。地墊的方向。電視與電腦那一片漆黑宛如森林的螢幕。

「你到底有沒有心理準備，要跟我這樣單調無聊的箱子，一起生活到死呢？」

彷彿聽見房間這樣問。

「那可不是休息這樣簡單的事而已呀。如果是休息的話，你與我都只是彼此的客人，稍微停留了一下，就勢必要互相告別，到另一個地方去的。不過，你與我之間，不是那樣的關係吧。」房間在夜色裡對我訴說著。「那是更重要、非常重要的另一種關係呀。」

啊。如果可以的話，我也真想成為像衣蛾那樣的人啊。

很想一直與房間相戀，直到變成了白骨為止。一百年以後，被人從牆壁的鋼筋水泥裡挖出來，連身體也一起埋進了這個房間。

生也好，死也好，食物也好，排泄物也無所謂，在同一個房間裡舉行著的，我那自我消化的儀式。

很想被房間緊緊地包裹。書櫃、雜誌、蓋過的棉被、喜歡的鞋子，和重要的回憶，全數捨棄。希望房間能從四面八方把我重要地抱住，溫柔地告訴著我：「這裡已經沒有痛苦的事了噢。」在我與房間之間，只有空空的、像是胸腔般的洞，被風咻咻地經過。發出哭聲般的哀嗚。

不過，如果是那樣真空般的、沒有痛苦的所在，為什麼，我還會聽到那種低泣的哭聲呢？那找不到源頭的悲傷的號哭。像是童年裡一次迷路的孩子，沿著離風很遠的道路，由遠而近，慢慢地回來了。

雨季好像會一直下到世界末日。衣蛾持續侵襲著我。雨滴般不斷掉落在房間的各個角落。似乎帶來了訊息。我想知道那灰白袋狀的殼中究竟訴說了什麼，於是，邊清理著一切，邊愈發焦急了起來。

不過，還是不能知道的。

衣蛾守口如瓶地守護著牠自己的房間。

而我，還是不能成為衣蛾的。

——選自《白馬走過天亮》，九歌出版，二〇一三言叔夏散文充分彰顯了所謂「內向世代」的私文學特色。首段「我很喜歡房間」已為全文定調，第二段隨即補述「喜歡四面牆壁緊緊包圍著的感覺」，順勢帶出母親的子宮意象，這是非常佛洛依德式的暗示與轉喻。作者反覆陳述房間是非常重要的親人、是熱戀中的情人，一方面創造出與房間的親密感，另一方面卻也傳達出人際關係的疏離性。獨居單身女性的形象，同樣曾出現在其成名作〈馬緯度無風帶〉裡，地下室空間與「我」在〈袋蟲〉裡的房間，重重建構出言叔夏散文的內在風景。

意外的訪客終於為在安靜的房間裡等待逐一壞毀的物事，帶來一絲可能的生意（也帶來不安的侵擾），「我」查其身世，發現衣蛾「彷佛一出生，就為了與房間相戀般地來到了世上」，牠和自己編造出來的殼，彼此間有更潔白、更緊密相連的人生。衣蛾之眼與我之眼對視，衣蛾之身與我之身亦相互指涉，在此對照下，轉而發現「在我與房間之間，只有空空的、像是胸腔般的洞，被風咻咻地經過。發出哭聲般的哀鳴。」被羊水安全包覆的母親子宮，終歸是虛妄的想像，無論如何蜷縮、退守到房間內部，「我」的空虛與空洞將永遠無法被填滿，也無法自我密合。

言叔夏作品有非常強烈的獨特風格，但同時也反映出世代群體某種疏離、冷靜的共相。本文可愛之處在於有許多與袋蟲、房間等擬想的對話場景（其實是獨白）穿插於其間，展現出疏離中少有的幽默感與自適，也平衡了作者帶有灰暗色調的內心世界。

言叔夏，一九八二年生於高雄。政治大學臺灣文學研究所博士。東海大學中文系助理教授。曾獲林榮三文學獎、國藝會創作補助、九歌年度散文獎。著有散文集《白馬走過天亮》、《沒有的生活》。

文字如何棲身於容器——

體類的發想

野櫻

楊牧

1

他們不經心地望著遠方的雪山和湖水，或者瀏覽草地，談到了青松和黃楊。然後有人隨意問我：「這是什麼？」我說是一棵野櫻。他們接著是沉默，或者談論些別的，但最後總又繞回來提那野櫻。往往就是如此。太陽照在往返碧綠的山坡上，窗外寂寂然沒有聲息。我也看到午後的鳥雀在林木間穿梭，但聽不見牠們的啁啾。隔著兩層玻璃，野櫻在悄悄搖擺它的細枝，豐美的葉子反覆閃光。風在吹，但我們都聽不見風。

我第一次注意到那野櫻，可能就是去年初秋的時候吧。在那以前我時常看到它，可是並沒有認真想它。我注意到它的葉子正在逐漸轉黃，有時劇烈地拍擊著，那是凜然的秋氣感動了它。金黃的小葉映在嫩綠廣被的草地上，如夜來蒼穹發光的星座。我坐下，又站起來，迫近窗玻璃去看，像一個中世紀寺院裡追蹤星體的僧侶，架起簡陋的望遠鏡，聚精會神地尋覓；沒有太多重要的目標，只有一些假設，一些想像。時常就那樣久久地，久久地注視，對著千萬陌生的發光體，看它們交替閃爍，穿插著神話和傳說，我難免就相信了，相信眼前多了一片輝煌的小宇宙，群星的故鄉，在秋風裡持續拍擊著的，本來就是一棵樹葉金黃，一天比一天濃烈的，是瞬息變化的野櫻。我那時真正注意到它。

野櫻開始落葉。起先稀奇地飄下幾片，在強風中翻滾，一下子就飛到眼睛找不到的地方去了，而樹上兀自顫抖的，是環環層疊的星辰。有一天草地很濕，我注意到黃葉落下來大半停在上面，再也飛不起來了。秋還不那麼深，遇到多風的下午，野櫻依然搖擺細枝，那樣落拓地讓葉子一片一片跌到土地上，似乎是沒有一絲怨尤的，帶著垂老的寧謐和果敢，也沒有任何拒斥或介入的神色，對時間完全漠然；歲月悠悠，有情天地裡獨多一種無情，一種放棄。然而我又設想，寒冷的土地裡，誰說它那堅持的鬚根不又向下延伸了三尺？

就有那麼一夜，我走到任何房間都聽到松濤澎湃，是來自遙遠的谷壑，我所不能確定的什麼方向，浪遊了許多海岬和山頭，吹過來的陣陣大風，誇張地撼動著蒼鬱的巨松，發出一種令人入神的呼吼，彷彿帶著憤怒和驕傲，在山坡下狂吹。隔了兩道玻璃，我終於聽見風聲了。那風聲不停地響著，綿綿翻滾，真如同曩昔童稚伏枕傾聽的浪頭，一波接一波向我們黑暗的沙灘攻打著，在四季平常的光陰裡，我敏感地數著那潮水的速度，想像岸上幾盞捕魚人的風燈在殘星下明滅；數著潮水數著燈，眼瞼垂落下來，沉沉睡在蚊帳裡。然而在通過無數歲月的磨難後，我坐在籐椅上側聞那熟悉的濤聲，試著摸索時光隧道向前追憶，似真似假，終於了悟一切都是假的，那些已經退隱到愚騃世界的一隅，而我木然想像，燈在遙遠的天涯，潮水在失去了我的海角。我在深秋的子夜思量著，看到自己遲緩的腳步，跋涉了許多道路，似真似假，卻又都是真的。

就有那麼一夜，我睡在重來的愚騃世界裡。夢裡海灣的水位在漲，浮滿悉數出現的星光，複沓的歌謠交錯進行，一再來往拉長。我忽然驚醒，披衣外望，在那勁挺凌厲的空氣裡，彷彿天外射進無窮的光，我看到那野櫻正無告地脫落著千萬片發亮的葉子，枝幹劇烈地擺動，向四個方向旋轉，而細微的葉子就在我目睹之下快速地飄舞，狂飛，掉下，如夢幻的流星雨。

2

我想我終於又忘掉了它，那遽然擺脫所有葉子，毫不憐惜地放棄著的一棵野櫻，在睡夢中。

第二天我記起來的時候，匆匆趨近窗口去張望，只見禿盡的枝幹默默立在大風裡，沒有聲音，沒有光彩，也不再婆娑搖動了。我那時正在看一本舊書，來不及放下，就用手指頭夾住中斷閱讀那兩頁，站在那裡看它。午前的山坡充塞了寒意，大風沒有方向地吹著，常綠的松柏猛烈搖著擺動著，而野櫻樹下，遠近，落滿了金黃的細葉，貼著草地向四面平鋪過去，濃淡均勻。我知道它一年的辛勞剛毅，這持久養護的過程已經到了一個終點，從這刻開始，直到來年抽芽再生，正是它緘默休息的時候，沒有聲音，沒有光彩，也不再婆娑搖動了。這其中似乎包涵了什麼生命的訊息，燦爛與平淡，豐美和枯槁，似乎傳遞著一種哲理，關於勞動，收穫，虛無，美等等問題，似乎是抽象的，也許很實際，關於激越的感情，冷漠，追求，遺忘，和美。我被那景象攫捕，心神隨外界的變化在飄蕩，不能自已，卻於瞬息剎那間感覺是超越了，看不見那景象。我坐下來，發現手裡還抓住那本讀了一半的書，翻開來，心神恍惚，果然完全不記得剛才讀的是什麼。我認真凝聚去回想，看那章節，原來是記述列寧：

> **又有一次，他和高爾基一起聽貝多芬的《激情曲》（Appassionata）。「世界上再也沒有任何音樂可以比這《激情曲》更偉大的了，」他說：「我恨不得每天都聽一遍，不可思議的，超人的音樂啊！我時常因此就覺得自豪——也許我太天真——人類原來竟能創造出如此驚人的東西。」**

到這裡為止，甚至列寧都不難理解。貝多芬的音樂力能使他這種人物也宣布是那樣屈服了，我這樣想，繼續看下去：

然後他眼神閃爍笑了一下，苦悶地說：「可是我這個人不能時常聽音樂。音樂感動你的神經，教你想去恭維那些活在這骯髒地獄卻還創造得出那種美的傢伙，想對他們說幾句爛好話，摸摸他們的頭。這個時代——你可不能摸他們的頭，說不定人家還會反咬你一口。你得重重敲他們的頭，對任何人都非使用壓力不可。唉，哼，我們的責任重大，困難得要命。」

我把書放下，茫然看那禿樹和草地上的落葉，感到委棄的千萬顆星辰又開始發亮了，是一種激越而冷肅的美，我們必須把握的一種經驗。我恍然覺悟，原來列寧他們就是這樣的，原來以意識型態判斷人情和藝術的理論還有這樣一個乖戾的根據。

那野櫻靜靜立在窗外。這時我似乎看到它所有的光彩了，聽見那裡以無窮層次拔起的聲音，天籟，一種激越而冷肅的美，是可以恭維讚頌，可以擁抱膜拜的，被我們搶救回來的Appassionata……

3

殘雪從那野櫻枝頭掉下來。

地上的水漬在太陽光下反射著白雲的形狀。最後一次殘雪融盡的時候，其實春天已經算是遲到了，忽然就在我不遑省識之間，像針頭一般細小的新葉竟已布滿了飽和的槎枒，輕盈，明快，妥貼。那時我方才有了一口巨大的水缸，是一口棗黃陶塑的朝天甕；我每天忙著思考如何使用它；我在缸裡盛了足夠的水，其餘就不知道從何著手了；我想不出除了盛水以外，這缸裡還可以種植些什麼。我四處寫信去問人。那水缸占去了我大半初春的光陰。

葉子急速地長大，就在我不太注意它的時候，野櫻面向我的這一邊已經張起漠漠的綠網。這其中大概也有某種訊息和哲理，但我不想追究了。然而就在葉子沒有完全長大的時候，那野櫻彷彿已在枝頭處處著花——彷彿是的，彷彿也未必。天氣乍暖還冷，有時驟雨背後照著強烈的陽光，在湖心搭起一道豔麗的彩虹，如同層疊拔高的音樂，如Appassionata，令人怦然心動。就是那樣怦然心動，回到簡單明瞭的浪漫時代，在那短暫的午後時光，彩虹高高越過那野櫻梢頭，兩邊向南北垂落。我不免警覺，說不定根據某種意識型態的原則，這個和那些都是一樣的，都在排斥之列。

有時是冰雹。

有時是風。

那天早上我站在窗口接電話，記不得對方在說什麼了，不外乎人情虛實和關懷的真假。我眼睛望著那野櫻以及它周遭的空間，無聊地應對著。忽然窗外飄過片片細微的白點，輕輕飛揚，散落。我驚奇地打斷話題說：「下雪了——」對方說我大概神經錯亂了，這不可能是下雪的天氣，季節不對。我無意爭執，遂聚精會神瞪著那細雪，一時不知道對方在電話裡說些什麼，只聽到片段嗚嗡的聲響，像子夜在別人屋頂上猶移不前的貓叫。雪在輕輕悄悄地飛舞，我想。然後我又想：不可能，那不是雪，是春寒料峭裡小風吹落了野櫻枝頭的花蕊，那麼細，那麼動人，卻不是雪。我讓朋友把話講完，道別以前又重複一次「下雪了」，縱使我已經完全確定那並不是雪。虛實之間總是枉然，何況那野櫻正以它全部的氣力脫落它所有的繁華，持續地，放棄地脫落它的繁華。

4

如今在熾熱的金陽下，那野櫻已經長好了葉子，強烈的生命以明顯的層次向高空舉起，果然如我所預期的，毫不靦腆，甚至擴散到四周的空氣裡去了。濃厚的影子抛向大地，隨日頭移動而拉長，遠遠漫向草地的中央。「那是什麼？」他們也還可能這樣問我，而我從來不覺得厭倦。我說是一棵野櫻：落葉，抽芽，生花，並且就滿滿的長好了，當夏天來到的時候。

「你為什麼這樣注意它？」有人問。

——選自《亭午之鷹》，洪範書店，二〇〇六

●———○ **筆記／石曉楓**

楊牧兼擅現代詩與散文創作的身分，使其散文往往也充具著滿滿詩質，形成「中間文類」的表現特色。所謂「變體散文」（或稱散文的「出位」）乃突破傳統文類的新嘗試，重在以散文為母體，吸收其他文類如詩、小說、戲劇的特色，一九八〇年代以來，中間文類成為創作者蓄意活化、超越文類的嶄新嘗試，以「詩化散文」而言，便重在意象經營、節奏掌握之多所用心。

根據學者歸納，詩化散文有「扦插法」（即在散文中鑲嵌現代詩）、融合式（即將詩法化入散文文體）兩種表現形式。楊牧善於將詩法融入創作中，以本文為例，對於語言、句式之講究，自然展現出行文間的詩質，例如楊牧用「落拓」、「無告」、「委棄」、「激越而冷肅」等語彙，反覆形容野櫻落葉或禿盡的樣貌；用「久久地，久久地注視」等重複性斷句，或「輕盈，明快，妥貼」

等堆疊語詞形成繁複多采的新葉形容，凡此用字之精緻與句式之變化，構成文章內部自足的韻律與詩質。同時，針對野櫻在每個季節中的姿態表現，楊牧花費無數筆墨細筆描摹，但對於日常無事的瑣碎生活，即令物理時間極長，在文中也僅以「有時是冰雹。有時是風」數語帶過，這也是文氣內部節奏感的經營奧妙。

〈野櫻〉全文無非寫植物在季節中的變化，但詠物散文素有「詠物寓意」之傳統，讀者可以仔細體察在四季更迭中，楊牧為何獨獨選擇由初秋的野櫻描繪起筆？而各季節間穿插的生活事件，與野櫻變化的描繪之間，又有何微妙的關聯？

楊牧（一九四〇—二〇二〇），台灣花蓮人，東海大學畢業，美國愛荷華大學碩士，柏克萊加州大學博士。曾任臺灣大學客座教授、政治大學臺灣文學研究所講座教授、臺灣師範大學國文系講座教授、東華大學華文文學系榮譽教授暨講座教授。著有散文、詩集、戲劇、評論、翻譯、編纂等中英文五十餘種。曾獲時報文學獎、中山文藝獎、吳三連文藝獎、國家文藝獎、聯合報讀書人最佳書獎、花蹤世界華文文學獎、紐曼華語文學獎等。

一粒砂

李廣田

有這麼一個傳說：

有這麼一個人：他作了一世的旅客。他每天都在趕路，他所走的路，就是世界上的路。他很不幸，一開始便穿了一雙不合腳的鞋子，這使他走起路來總不能十分如意。而且走了不久，他的鞋裡便跳進一粒砂。路既是世上的路，而這世上又遍地是砂土，跳進一粒砂，本也極其平常。可是這以後，他的行程就更其困苦了，那砂子磨他的腳，使他走一步，痛一步，你想，假如鞋子裡沒有一粒砂，那該是多麼愉快呢。不錯，這也是一件非常簡單的事，只要坐下來，水濱也好，山腳也好，把鞋子脫掉，只一抖，便可抖出那顆磨腳的砂子。然而他不能。他趕路趕得很急，每天都擔心日落西山時趕不到個段落。天晚了，他住下來，他疲乏得厲害，還不等脫去鞋子，他已經沉沉地入睡了。而第二日，天未亮他便急忙起程。年月久了，那痛楚之感也許與日俱減，但每當與明日同時醒來，望著那永久新鮮，永久圓滿而又光明的太陽，而自己開始又走上一日之程時，那時初的步伐總也是痛苦的。他就這樣走著，走著，一直走到不能再走，走到最後，走到死。他死了，人家把他脫得精光，當然也脫了他的鞋子，人們搜索他的衣袋，衣袋是空的。人們抖擻他的鞋子，一粒砂落在地上，那砂子形體微小，滾圓如珠，落地作金石聲。那小小砂子暗然有光，仔細看時，上面隱隱似有紋理。據後來人說，那砂上實在是幾個字跡，但年代久遠，沒有人知道那字跡說些什麼。又過了些年載，連那粒砂子也不知去向了，對於那幾個無人懂得的字跡也就更覺得關係重大，既不可得，也就彌覺可惜。

這傳說並不見於載籍，只不過有人曾經這樣說過。可是那曾經向人說這傳說的人卻還遭了反駁：

「這傳說是一個胡說，我不相信有這樣的事實。」

那個反駁者這樣質問，可是反駁者所得到的卻只是沉默。反駁者覺得不夠得意，就又進一步反駁：

「傻瓜！一個人放著安閑的日子不享受，為什麼要到處亂跑？就是走路，又何必緊趕？像我飯後散散步，水濱林下，隨意蹓躂蹓躂，也極合衛生之道。而且，走路就要撿那好路走，為什麼要自找麻煩呢。」

這次他所得到的不再只是沉默了，因為他只聽到一陣急促的腳步聲，不見人影，那個說傳說的已經走遠了。

所以，我也不希望有任何辯駁，因為我只替那個說傳說的再說一遍。

——選自《李廣田代表作》，河南人民出版，一九八七

●——○ 筆記／石曉楓

〈一粒砂〉篇幅甚短，但可作為不正面說教的「寓言體散文」典範。寓言體散文有一基本情節，而所謂「寓」者，乃有所寄託；有所寄託之言，必有情節之外的諷喻，然而諷喻要如何才能歷久彌新，且足以引人深思呢？首先，寓言必須具有普遍性，於是李廣田在文章一開始，便虛設了「有這麼一個人：他作了一世的旅客。他每天都在趕路，他所走的路，就是世界上的路」，此一情境人、時、地不明，正因如此，才具有突破時空的普遍性意義，所謂「夫天地者，萬物之逆旅；光陰者，百代之過客」（李白〈春夜宴桃李園序〉）之謂。

當趕路的旅客鞋裡跳進一粒砂，他應該如何處置？作者提出此一假設性命題，並在文中設計了反駁者角色，質疑趕路人鞠躬盡瘁、死而後已的作為。究竟該停下步伐，把砂子除去並悠閒度日；抑或是如主角般，帶著痛楚奔赴遠方圓滿又光明的太陽呢？這顯然不是生活裡的微細瑣事，而是人

生態度的投射與隱喻。唯作者並不直接申明自我態度，只在文末留下「所以，我也不希望有任何辯駁，因為我只替那個說傳說的再說一遍」的渺渺餘音。讀者可細細思考此處收尾所隱含的意義，也可再回頭看看所謂「一粒砂」，在文中所具有的形象，又表徵了什麼意義。

寓言體散文可以調和知性散文的學究氣，此外，當個人的生活素材有限時，也不妨創設一情節以寓託己意，或者假固有的寓言、神話、童話等情節，進行現代化的「後生寓言」改寫，甚至翻轉原意，製造反訓，從而生發新意，也是一種創作形式的嘗試。

李廣田（一九〇六—一九六八），山東鄒平人，中國詩人、散文家、文學批評家。一九二九年入北京大學外語系預科。在詩歌創作的同時也從事散文創作，散文具有濃厚的鄉土氣息和地方色彩。著有散文集《畫廊集》、《銀狐集》、《雀蓑記》、《日邊隨筆》等。

鬼臉的時代

給鯨向海

楊佳嫻

我們都在七十年代出生，但我對那個年代沒什麼印象。過去，提起七十年代，幾乎都是反射性地想到鄉土文學論戰，而事實上，還有更多的波浪在我才剛剛出生的那幾年前後湧現，中美斷交，移民潮，報導文學興盛，蔣介石去世，美麗島雜誌，黨外運動，保釣運動，大學雜誌集團，幾個文哲大師如方東美、唐君毅的去世……等等，只有透過閱讀，藉著經歷過那個時代的眾多文化人的記憶書寫，才得以隔空撫摩未曾感知的歲月。

和你無數次徹夜電話中，很少談到七十年代。或者是說，我們的對話領域中不以年代作為區分，而是以一個詩人一個詩人當作單位，彷彿語言大流中供我們跳躍的浮石，這個詩人聊不下去了，那就換下一塊吧，也許可以站得比較穩。不知道你對這個年代的想像是什麼？你會想到你先出生了，當你已經可以開始記得某些事情的時候，我在南方也跟著出生了，終於各自生活了二十幾年才遇見，荒曠的宇宙裡因此而擁有了一次祕密的核爆，只有我們看見。你出生的那一年，素人畫家洪通開始受到主流的注意，林語堂死掉，吳濁流死掉，四人幫垮台，第一屆聯合報文學獎揭曉；至於我出生的那一年呢，蔣經國第一次當上總統，第一屆時報文學獎揭曉，終於開放台灣人出國觀光，台（中）美斷交。

那是一個威權遞嬗的接點，舊典範陸續消失，新典範正在成長，我們無法想像在那個褪色的光陰中，許信良、張俊宏竟然曾經和李鍾桂、馬英九等人共事過，而他們的分裂也在那時候產生了。蔣介石的去世，也讓台灣人在陣痛中逐漸摸索出自己的道路，雖然，那道路到今天仍然不是非常明朗。當我寫信告訴你，在七十年代，隨意遇見的人都可能成為後來的歷史碑銘，比如林正杰就讀政大期間，到圖書館去詢問草根性強烈的《臺灣政論》雜誌，那個櫃檯小姐不僅把這本已經受到當局注意的雜誌借給他，還把自己收藏的三十年代禁書都介紹給他，這小姐就是已經在黨外運動相當活躍的陳菊；而異端青年貝嶺，在魏京生被捕後，獨自走過蕭瑟的西單民主牆，看見有人賣雜誌，趨前一看，就是《今天》，而賣雜誌的兩名青年，就是芒克和北島。因為這命運的巧合，使得陌生的心互焚互擊，林正杰因此而逐漸走向黨外運動不歸路，貝嶺也注定了後來的流亡生涯。那麼，在沒有革命的當下，我們的年代裡，走在路上究竟會遇見什麼樣的人呢？而這些人，是否就是未來歷史中不得不徘徊盤旋的渦流點？你居然答非所問地回信給我，說，我們會遇見孫燕姿啊，五月天啊，而且是和幾萬人一起遇見呢。

一面讀信，我臉上就如櫻桃小丸子般出現了許多黑線。轉念一想，這也就是「我們的時代」裡，一種可堪代表的態度吧，即使處於菁英的地位，也仍然願意和群眾一起為了某些非常單純、非常媚俗的事物而流汗吶喊——誰說杜斯妥也夫斯基一定會在我們腦袋裡和孫燕姿打架？

但是，我也不得不油然而生另外一種憂傷，如同駱以軍在非常年輕的時候就在小說裡表達過的，暢銷作家卡魯祖巴扮鬼臉的肖像，被懸掛在整個城市最高的一百二十五層大樓側面，日日夜夜地看著那些在窗口亂倒喝不完的可樂的小孩、準備進入賓館偷情的中年男女、撬鎖偷汽車音響的少年、當街調整肩帶的女子……，人們無法逃脫那嘲弄般的眼神，再怎麼嚴肅的事，彷彿都會被那輕佻的嘴角吊起，半空中晃個兩三下後非常可憐地掉進城市正在施工的地下道中。期待不被看見恐怕是比期待被看見更困難的新世紀任務吧。

之前有段時間，我們熱中於以google查詢彼此的名字，看看到底會出現些什麼奇怪的東西。當然，我們終於發現其實數年前曾在某一營隊中擦肩而過，你還一再抱怨我都沒看見當年春光正好的你；或者是，我會發現你高中時代得過的校內文學獎，並且驚訝於當時你就如此憂傷地看待彼時應該是新鮮美麗的世界；當然，出現在一些自己根本不認得的人的文章中，已經不太讓我們驚訝了。最後歸納起來，我的名字大概出現在研究所榜單和文學獎新聞最多，多麼世俗啊，而你的名字呢，忠誠地，幾乎都浸浴在和詩有關的文章篇目裡，帶著水氣反折出的虹光，在頁面上接連地申告你和這個文類情同兄弟的關係。不過，比較恐怖的是，這系統會庫存我們一百萬年前寫的文章，直到我們的記憶都消失了，它還是在那裡咧嘴笑著。

記憶的權力本來就不只屬於主角，那些在你的生命中途離開的配角們，仍舊可以在剩餘的光陰中自由運用那個可能你已經丟棄了的形象。網路記錄我們的歷史，它本身不加以解析，只是供給糟粕給後來的人詮釋。網路上有那麼多的資料庫，華麗的分類，龐大的腹笥，簡直就像是《MIB星際戰警》中掛在那隻貓頸間的銀河系，我們曾經以文字顯露過的面貌會被真實地保留；然而，你知道的，即使事件凝固了，經過時間的刷洗，那表情將會在我們的感受中變化。現在我的感覺是，我們並非向過往的自己扮鬼臉，而是再過了十年，又使用這一類可怕的搜尋引擎找到過去十幾年自己種種奔跑跌倒狂喜痛哀的畫面時，會被當時的自己所扮的鬼臉給嚇到。

我們青春的九十年代，到處都是鬼臉，可能是權威人物的變形，也可能是歷史的歪讀，一貫的思想消逝了，美被複製，情感以粗糙的形式在生產與消費的線上以一模一樣的臉孔向我們發出捉弄的笑聲。卡魯祖巴公開而巨大的鬼臉，不只是在小說裡，在現實中也化身為各式符碼的豪華組合；只是，駱以軍筆下的鬼臉畢竟還有些蒼涼的意味，那高懸於眼前的僵扭五官卻真的是無所哀樂的了。然而，我們難道不是也在那其中感到一絲絲沉墜與發洩的快樂？這情緒如此真實，聽著孫燕姿唱「**相信你只是怕傷害我／不是騙我**」，和讀到羅智成寫「**我允許你對我扯謊／至少再一千次——誰會在你誠實的眼底仍希求／迂腐的真相呢**」，同樣都想落淚。

不知道等我們都老了以後，準備開始寫下自己的編年史時，哪些事情會被清楚記得，而哪些事情又是值得被書寫下來的呢？在我們祕密戀愛的這幾年，你會不會跟我記下一模一樣的事件？我們將會在共同的史記後面，附上年少時候互通的，那一千兩百封信件的電子檔。「我們的」一九十年代，「我們的」新世紀前葉，是我們為了向宿命與現實的鬼臉反抗，而畫出的另一張甜美與憤怒的鬼臉。

——選自《鬼臉的時代》，印刻出版，二〇〇四

●————○ **筆記／石曉楓**

「書信體」散文和「日記體」散文，前者偏於告白，後者指向獨白，在閱讀效果上都比較有對話性與傾訴感，能夠有效拉近讀者與作品之間的距離。書信體散文可以仿照書信以稱謂語起筆，也可以在文中召喚受話對象，至於本文則在副標題部分，明確標注了「給鯨向海」，這也是一種宣達方式。

鯨向海（一九七六—）本名林志光，是詩人，也是精神科醫師。他和楊佳嫻在一九九〇年代同

屬由BBS站崛起的學生寫手，即學者李瑞騰所謂一九七五年以降，因新興媒介出現而形成的文學第四世代。自一九九〇年代末期迄今，兩人以網路文學同好身分，建立起堅固的革命情感，而過去「無數次徹夜電話」，現今也早已進化為「無數次的網路閒聊」，討論、鬥嘴都仍在持續，兩人並曾合編《青春無敵早點詩：中學生新詩選》等。

如此具有歷史感的情誼，首先建立在他們出生於權威遞嬗的時代接點上，此信從大時代起筆，意在以一九七〇年代台灣社會的波折動盪，映照一九九〇年代「沒有革命當下」的詩人小世代，他們所注目、所關懷；他們葷素不拘、雅俗同歡的世代價值觀與生活模式。信中也兼及新世代如何透過網路理解自己、思索自我定位的討論。而即使是看似隨興的「書信」，楊佳嫻仍非常綿密地以「鬼臉」的時代作為全篇貫串主軸，卡魯祖巴的鬼臉、時代的鬼臉，以及昔時之我所扮的鬼臉相互參照下的對話，無所不在，最後則以鬼臉「甜美而憤怒」的反抗作結。

所謂「書信體」散文仍不同於原始書信，它有主題聚焦，也有技巧策略的經營，只是化用了書信格式，刻意設定一對話者，在讀者看來相對較具「同代」的共感經驗，本文既點出了時代的特質，也涵融了個人情誼，是充分發揮書信體散文寫作特質的示範之作。

楊佳嫻，高雄人，定居台北，臺灣大學中文所博士，現為清華大學中文系副教授，臺北詩歌節協同策展人，性別組織「伴侶盟」常務理事。長年於清華大學開授寫作課程。著有詩集《你的聲音充滿時間》、《金烏》等四種；散文集《雲和》、《瑪德蓮》、《小火山群》等五種。另編有散文選與詩選數種。

秋夜敘述*

簡媜

1 蛤蟆與幸福祕術

瑩瑩，今晚有一隻蛤蟆陪我回家。月光隱遁，夜雨呻吟。

沒有月光的秋夜，我讓計程車在大馬路邊停。在此之前，司機先生非常興奮地在車程中演講家庭幸福之道，我打算下車，他不解。我與他住的山區相鄰，他知道我此時下車尚需步行二十分鐘才能到家，而且飄雨的泥濘路會使鞋子淪陷。他驚訝地問：「妳不坐了。」口吻像我剛剛坐在他家客廳喝老人茶，他盡責地向我介紹家庭成員並且慷慨透露保持幸福的祕訣。

＊編按：本文初版收錄於《女兒紅》（洪範書店，一九九六），後經小部分修訂，收錄於二〇二一印刻文學出版之電子書，本文以電子書的最新版本呈現。

我有點歉疚，瑩瑩。儘管我們再怎麼努力駕馭理性運轉，某些事情仍會蹊蹺地發生，把妳帶離軌道，強迫妳短暫出軌。如果妳能縱浪其中，倒也相安無事；難就難在既定秩序的運作過度強勢，容不下亂臣賊子。如果上車之後，陌生的司機不主動問我姓什麼？在哪裡上班？結婚沒？為什麼這麼晚回家妳老公沒來接妳？……這些不得不拿「真實」材料回答、卻完全牴觸我隱匿自己的習慣的話，那麼，我是不會拿出虛構本領迅速給他一個假名、一份待遇普通的工作、一個脾氣古怪血壓偏高的丈夫，甚至一個剛滿三歲的女兒。我進入自己虛構的材料裡嫻熟地轉換語氣、情感以及話題（還抱怨保姆費太高，不得不再虛構一個身體堪稱健康的婆婆來照顧她的可愛孫女）。他的談興被引爆了，關掉收音機（原本正在放送一首吵鬧的「你快樂嗎？我很快樂……」）從那時起，我彷彿坐在他家客廳，一覽無遺地觀賞台北天空下難能可貴的幸福小家庭：真實的、有體溫的、準時開飯四菜一湯的、每個人微笑時嘴角牽動的幅度相當一致的溫馨小戶。他勸我不要動不動就跟「老公」翻臉，他說妳們女人現在都很厲害，不管真的假的要讓「老公」覺得他比妳厲害一……（一公分？）這是維護幸福的第一步。然而，我開始感到悲傷，無意間勾勒的遠山淡月卻惹出炊煙四起使遊戲變質，好比湖畔垂釣，沒半點消息，擲竿餵湖，背起空簍子打算回了，卻發現數條大魚亢奮地竄出水面，喜孜孜咬著釣竿大嚼。收不回竿，捉不著魚。我羨慕他，摻著難以自抑的嫉妒，一個在惡街狠巷掙生活的中年漢子能夠以宏亮的嗓門對陌生客傳播他一手揉出來的幸福，他的心中必有喜樂滾沸。然而，瑩瑩，悲傷在這個節骨眼產卵，他手中的那種幸福，不是我要的。

空計程車亮起頂燈朝前馳去，鮮黃色的「TAXI」浮在闃黑中有一種蠱惑。虛構與真實的祕密仍在我的腦海翻騰。啟動遊戲的人半途離席，沒有遵守規則去壯大對方信以為真的真實，這就是我的歉疚。可是，瑩瑩，我怎麼忍心在他信任了虛構時告訴他：以上皆非。

2 雨夜獸

沒有月光牽絆，適合一個人走。幾盞古舊路燈替潮濕黑夜鬃上浮光，光是濕的，飽含水分，幾乎往下墜落。整個黑夜固然被可辨識的樣品屋、敲去半幢的老宅、布著翡翠色野蕨的磚牆、經年穿旗袍的寡婦開的小雜貨店及幾條往來人影占據，然而，豐潤秋雨將它們泡軟，慈悲地晃動著，直到可辨識的一切地標模糊了，渙散了，如滂沱雨海上的浮木與枯草，整個黑夜遂恢復牠自己——一頭掙脫時間刻度與空間經緯、無限狂野的巨獸，自天空降下的雨絲只是牠頸項間飄揚的毫毛吧。瑩瑩，我們從誕生跋涉到死亡，以為走得夠遠了，只不過在牠兩節脊骨之間繞行；使盡一生氣力屙一堆有血有淚的故事，以為夠悲壯了，也不過是牠撓癢時爪縫裡的塵垢。不接受任何頌辭與詛咒，牠自由變身，易形為白晝，以亮麗的光誘引我們打樁造屋、升火舉爨，安心地於弦歌中編織情網，企求攫獲永恆。每當月亮爬升，牠恢復高貴的黑澤，和藹地觀賞在牠身上升起營火、手舞足蹈歡唱古謠的人們；卻在飢餓時，恣意闖入亮著燈的房間叼食嬰兒，或採摘正在梳理記憶的老婦，或子夜時分吹著口哨歸家的壯漢……瑩瑩，死亡對我們而言何等震撼，對牠來說如此輕易。人，慣常在悲憤中譴責命運之暴行，因人相信自身為真，信任世界乃人所經營、拓植的世界；可是，瑩瑩，如果我做一種假設，揣想遍世界恆河沙數的人皆是牠在自身髮膚上種植的耕物，各在自己的單株上研磨生命、孵育故事，並多情地把經歷的歡愉與痛楚記憶起來。每個人磨出自己的光色並與他人的纏繞、輝映，成就絢爛且壯闊的光野。而牠，不笑不淚的猛獸，僅能透過蠶食我們而取得每一株閃爍密彩的靈光，牠必得逐一吞噬殆盡才能獲得完整，讓腹內永續地保有燃放的光野。瑩瑩，這樣的假設令人難受，因為，我們無法掙脫牠的轄區，牠有權齧咬我們，如同我們飢餓時打開自家櫥櫃選擇新鮮蔬果一般，無須歉然。

3 曼陀羅咒

所以，瑩瑩，我只是行走，在第一個轉彎處，早已人去厝空的院落裡，那叢高䠷曼陀羅宛如億年女妖，百手千指地搖晃雪色毒花，形似道士誦咒時搖動的法鈴，密音如水中滑蛇。常在遲歸之夜被驚嚇，因為月光皎潔時，女妖宛如處子貞靜，手中花鈴亦如為婚禮盛宴準備，流淌無邪的喜氣；若逢酷寒之夜，我疾行轉彎，不折不扣撞入她懷裡，數盞花鈴在我頭上互擊，傾倒水露，發出嘆息似的微音。我抬頭，看見不遠處高樓邊壁嵌著一扇昏黃燈窗，這瞬間的凝聚，靜默中浮升驚怖意念，讓我必須揪緊衣襟安撫突撲的心臟。她彷彿微啟雙眸，自高處俯視並以優美手勢輕輕逗弄誘魂鈴說：「噓，妳什麼都沒看見，一個跟妳無關的人罷了。」啊！一個跟我無關的人必須猝亡或遭遇重創。我嗅聞她渾身瀰漫的魔味，貼近那一股飽漲嗜血欲望的勾引而無法舉足。她知道獵物是誰，她總是含情脈脈地在獵物背脊烙下誘魂鈴圖騰讓巨獸攫食，而後恢復貞靜，把玩分得的禮物——從獵物身上剝下的故事。她收藏它們，祕密梳理這些宛如瀚海般的人世故事，從中品味愛的高音與悲之哽咽，臻於感動。她沉湎於感動時，會羞慚地自萎毒花，卻在消褪時，為了再次經歷而高舉竄放的花苞。她需要獵物。

這就是讓我驚嚇之處。如果行走中不過分耽溺於思索，我總會提醒自己在接近第一個轉彎時靠另一邊行走，並且故意讓思維停滯，不去閱讀曼陀羅那永世輪迴的咒語。

4 瘦橋

單純地行走，感受自己還有體溫，凝結於手心微微成汗，可以稱作一樁小幸福罷。尤其接近狹長石橋，橋下急溪如寶劍低鳴，劃開叢生的雜樹與莽草，自是恩怨分明。近橋右側，原有一小塊平地，隱在相思樹與芒叢之內，後來，幾個無處落腳的都市原住民搭建板屋住了下來，日月尚未調順，又發現屋傾人空，接著連殘屋遺骸也不知道被誰收拾乾淨，修了一座小土地公祠，沒香沒火，面溪度日，大約是請祂看管私產的意思吧。其實，如果不礙著什麼，板屋裡流淌的燈光也能給暗夜一點暖意；只是，這些都沒有商量的餘地了。然而，不管什麼樣的插曲忽生忽滅，這仍是我最喜歡的一小段路。經過嘈雜俗豔的密集住宅區倏然遇橋，霎時有繁華抖盡重拾素樸的喜悅。可見，山川湖泊曠野之造設自有情理，平原少險，容易把人養得霸氣，需要險江來潤一潤，讓人臨水觀照，看一看水上、水面、水底的世界。這橋接泊兩處住宅區，我每日往返，總有從實而虛、從虛而實的跌宕感；日久，倒也乾坤挪移，變成從虛而實、自實復虛了。橋還是橋，只是心轉。晴朗之日，偶有釣人，倚橋設竿，不知釣魚還是釣自己的影子？深溪出過人命，一名泅游的男孩、一名壯漢，說不定不僅兩條；白晝裡，我怎麼探看都很難相信如此平和的溪竟有噬人本領，入夜就不同，森森然若聞鬼騷味，好似冥府裡的哭河。

橋上小佇，迎面從山巒吹來秋夜疾風，與雨合鳴，如荒崗上的葬隊。閉眼，幻覺有一群歡喜小鬼自山巔躍下，於半空跣足狂奔，通過我，嬉鬧地拉扯頭髮，剝翻外衣，偷舔幾寸體溫，逝去了。然後，瑩瑩，我遠遠聽到某一棟屋傳來歡唱生日快樂的歌聲。是的，瑩瑩，我忽然微笑起來，如釋重負，到處有慶祝誕生的歡歌，到處有握拳捶墓的傷心者。

那陣掠奪體溫的魅風，無損我仍是一個有溫度的人。它們留下秋桂的清香作為回報，香氣斷斷續續於低空迴旋，豐富了呼吸，撫慰著思維，遂怦然搖動，彷彿在天地俱焚的絕望中，跌坐，發現竟坐在濕地上，感受有情的嫩芽正株株破土且穿透我的身軀而恣意抽長；又似在割蓆絕遊的靜寂裡，忽然萌發想念，無涉一人一事，不附著於孟春立下的盟約或霜降日之餞別，因澄淨的想念而心湖平安。瑩瑩，這就是我喜歡在瘦橋上逗留並視之為「實境」的原因了，雖然短暫，卻輕易取得化身的自由，彷若我替雨樹行走，它們為我佇立；我替秋風沉默，它們代我狂嘯。無須掙扎，自然而然。

5 尋俑之旅

瑩瑩，我們的記憶慣常保留發生在某一特定時空的情感重量，卻讓事件的細節在時間流程裡消融，近乎泡影——這是站在後來時間裡的我們對往昔引起重級傷害之事件的蓄意迴避。譬如，妳恨一個人，十年八年後，雖已物換星移，妳仍恨；妳保留了「恨意」卻不願意保留當時的事件細節以便往後的妳有機會重新詮解——說不定詮解之後得到的就不是「恨」了。尤有甚者，為了繼續邀集別人「共感」妳的恨，妳必須偽造（或誇大）事件細節——妳知道別人鮮有能力追查、驗證。如果有人質疑妳的恨，妳立刻摒棄之，視為異類。所有這一切只有一個目的：讓恨的瘟疫蔓延，讓妳自己及所恨的對象生生世世永劫不復。

這只是個例子，瑩瑩。

如果，回憶也是種旅行，若追憶者不能在行前準備浩瀚的胸襟回到過去進行寬恕，將很難修復傷害，遑論贖回仍然釘在恐怖事件中的、數量眾多的自己。瑩瑩，假設每一年的刻度凝塑一個自己，我此時回顧，將看到數十個容貌雷同、神情迥異的自己分置在已逝的時光中相互推衍而生卻又肅然獨立。她們之中，少數幾個屬性歡樂，能夠愉悅地與現在的我同聚，以八歲的童音、二十五歲的談話習慣……與今日之我座談，所陳述的事件，不管隸屬哪一時間刻度，皆因現在的我積極參與，使細節發光、情感跌宕、歡樂延展，瑩瑩，這是和諧的自我倫理，快樂得不怕天打雷劈。然而，大部分的自己依舊陷在時間刻度中無法動彈，如列隊的兵馬俑。因對死亡驚怖而仇恨的童顏、因流浪而封鎖的少女；因愛之幻滅而自棄、因不義而嗔恨……瑩瑩，每當我踏上回憶之旅，渴望以母性的溫柔去解凍，將她們贖回時，那肅殺的目光怒視著，嘴角獰笑著，她們要求一個合理的解釋，為什麼她們必須遭遇重創，承受連坐酷刑。瑩瑩，我試過各種聽起來合理的解釋，但她們依然集體怒斥，譏諷現在的我只是披著華服的髑髏，是媚俗的弄臣，她們的傷口比我口袋裡廉價的歡樂更真實。終於，頹然歸返。瑩瑩，令人頭痛的內部對決啊！一個無法在自身之內擁有連續性和諧的人，不能算幸福吧。

6 瘦橋

一條狗過橋，濕的狗，帶病。專心走路，經過我，沒吠。忽然停住，甩雨。繼續走路，消失。

橋底綠水流淌，幾處淺灘豎起水薑，似一群正在發誓的白蝴蝶，薄香；偶有不知名野鳥站在突出的岩塊上，引吭，如朗誦牠上輩子寫的一首詩，無人聽懂，飛走。這是晴朗時節，上游畜牧戶尚未排放廢水前，天地間難得擁有的短暫歡愉，我沒事就會想一遍。瑩瑩，歡愉令我著迷，當幸福不再是分內的事業時。

7 滄海一粟

雨夜，使溪身與雜林、燈影與石橋連接成無限延伸的滄海；相互捱近、融合、擴散，時間分解，空間模糊。倚著橋欄杆、無目的凝望的我亦成為滄海的一部分，如一只藏汙納垢的瓶子漂浮著，隨水勢旋轉，間歇地傾吐瓶內之物，終於，那一隊堅守敵對陣營的自己亦脫口而出，彷彿泥偶掉入水中。我認得最源頭的那張童顏，軟絲雜網在她身上交纏尋歡——來自死神猩紅大氅上、祂所豢養的黑蜘蛛之口；她雙眼似刀，彷彿仍看見死神在她面前萃取活人鮮血染那襲大鷲，稱讚色澤純粹，隨手將一具臨死未絕的身軀拋到她面前。我依舊認得在她躲藏的田野之上，是無限璀璨星空，崇高且尊貴，充滿神祕的吸引，彷彿任何一個失路人都可以藉著仰望而進入冥想，讓靈魂獲得棲宿。這樣的星空，與死神尚未降臨前並無二致，甚至連微風梳理竹林，群蛙聒噪的聲音也依然悅耳。而她開始不信任神話與祝禱了——那些她自行繁殖、儲藏在頭顱內的美妙神話。箕踞，嚶泣，頭顱內無數瑰麗神話被狂亂的意念碎屍萬段。

嚼食月光的貓。善良的小孩不會對路旁的黑鬼菜不敬，因為每一粒黑珠代表一個被囚禁的鬼。豐沛的河乃眾神沐浴之處，蛤蠣是祂們遺失的鈕釦！黑珠很臭，每個鬼都有又臭又長的前世，善良的小孩會採一捧用石頭敲碎，讓鬼們趁夜去投胎。貓當然必須負責嚼食月光，不然睡眠的人會在次日結成一個繭。

她相信這些。

然而一切繾綣的神諭如此輕易地碾為齏粉，她忽然懂得譏諷自己的幼稚，感知生命中充滿不可理喻的殘暴。她開始發現恨意是一帖猛劑，足以讓受挫的心靈獲得堅定；她決定把恨像一柄匕首插入心中，直到施暴者給她一個真相。

無所謂真相。滄海雨域，以今夜之一粟尋覓彼夜之一粟，兩粟之隔，多少人沉沉浮浮杳無蹤影，連追憶緬懷的福分都無。而我猶能倚橋佇立，恣意潛游記憶，找到她，回到在那個充滿腥味的夜野高高地將她抱起，讓她完整地面對無限璀璨的星空，尊貴且和諧，彷彿任何迷途靈魂都可以藉著仰望而獲得撫慰。然後，從彼夜啟程回到今夜，帶著她以及因她而形變的她們，讓種種事件與瘀傷拆解成纖維，如一縷縷黑絲棄於汪洋。我沒有什麼真相可以陳述，只有一種渴望吧，在幽然的秋夜獨自行走，倚橋凝睇彷若置身無盡滄海，我是那麼地渴望擁抱她們，無仇恨作梗，無嗔怒截路，與她們復合如一而成就純粹的和諧。瑩瑩，因著這和諧，我遂能預先原宥往後人生道上必然遭逢的噩事，並且相信，噩只能壯大我今夜所尋得的和諧。

就在出橋轉彎處，一棵龐然蓮霧樹下，突然躍出一隻蛤蟆，與我偕行數十步後，躍入草叢。

8 宿罪族裔

那日，在邋遢街道邊，我尋到妳的背影。都市午後，車潮似群獸奔竄，像末世災難。瑩瑩，我看到妳，心裡歡喜起來，同時交叉往來的百人之中、千人之中，妳的身影對我具有意義。我走向妳，以平常的速度，足夠讓我溫習妳我之間交編的美好時光。瑩瑩，有些人曾經與我們共同占據某一段時空，也夠熟稔，然而分隔多年之後道途相見——假設像那日我先發現妳一般看見對方迎面走來，我寧願折入小巷迴避，因為交編的故事枯乾了，且沒把這人放在心裡養著，街頭寒暄，也不過是一掛柴米油鹽的話，不會問死活的。然而，瑩瑩，妳我交編的故事猶然滋潤，如江邊兀自開落的芙蓉樹，從青年滑入中歲，恐怕也會滑入白髮暮年。在那樣狼狽的街頭看見妳，我的歡喜沒有雜質，瑩瑩，新友易得易失，願意跟著老的，一二舊識罷了。

那是暴風雨正在趕路的夏季，風雲詭譎，時而有一種無邪氣息，時而又充滿即將爆發的邪惡。瑩瑩，我看見烈日在妳背後烤出汗漬，像酷獄裡殘暴的小卒用力鞭笞過妳的肉體，甚至，把妳的靈魂賞給飢餓的狼犬。

妳流著淚：「活著有什麼意義？」

瑩瑩，我無言以對。像我們這樣到了交換幾莖白髮消息的年紀，杵在大街邊沉默，於旁人看來，恐怕很突梯吧！我們的神色看起來不像在為功名利祿談判或陷入感情糾葛需要徹底解決，誰也想不到是流水人生裡劈頭問生死的老朋友。我笑起來，因為荒謬具有惹笑的因子，我說：「好險，是來找妳，不是參加妳的喪禮。」

妳說有一天會讓我看見妳的喪禮的，聽起來有殺伐之聲。我應該引用哪一條經律或醒世箴言規勸一個聰慧飽學、隨時激勵他人的向上意志卻長期對生命質疑的人呢？瑩瑩，彷彿有一支帶著原罪的族裔被押解到世上來，他們通常擁有稟賦與能量，能輕易獲得同儕企求不及之物，卻不易被窄化的體制收編、把靈魂繳交國庫。他們如此意興風發，宛若驕子，然而一旦碰觸生命議題，又比他人痛楚百倍；他們原應利用稟賦搜尋生命意義，可是那一份資質卻更優先地洞悉虛幻。好比交給一個智慧犯利器與幼苗，命他到冰崖植樹，綠樹成蔭了可免罪，他明知不可能，還會耐著性子掘冰種樹？不，他會用利器封喉。對這些宛若宿罪的族裔，旁人束手無策，既不能在初始阻止他們誕生，即意味著日後無法阻止他們自行設定死亡。

瑩瑩，那日市街，我發現妳是他們的一分子；同樣警敏如夜梟，聰穎得能鑿開形上礦脈，也同樣鑄鐵築牆固守自己的宿疾。

「活著有什麼意義？」

恐怕也到了一種心境，想要試試宛若孤嶼的漂流生涯裡和諧是否可能？在自體之內、群體之中、生死兩岸的。試著在難以剷除的宿罪荒原裡清出一塊「雅量」，把在外頭哆嗦的人喊進來暖一暖。我無法回答生命意義（妳比我更擅長辯論），我只確定一件事：我們只有一次機會活著。把外頭哆嗦的人喊進來取暖，因為總有一天，一切永遠消逝。

瑩瑩，因「消逝」故，湧生不忍。不忍周遭之人無罪而觳觫，於無盡滄海之間宛如泡沫與我邂逅一場，卻不曾從我處聽得半句愛語、獲贈一兩件貴重記憶。瑩瑩，不忍見其貧。

9 幸福祕術

躍入草叢的那隻蛤蟆，恐怕不會再碰著，就算碰著，也是彼此不識。瑩瑩，若有輪迴急湍，我情願效微風自由，不願再與今生所識之人謀面。所以，指縫間的日子便珍貴起來，那些未竟之願、未償之恩都須在日薄崦嵫之前善終。瑩瑩，算盤能有多大，滾珠核帳都只算出一輩子，何況已蝕了泰半。

如果，妳仍然執意自了，我們也不需揮別的禮儀，妳有歸路，我仍在旅途。但願到了霜髮覆額年紀，我還有興致虛構一斤柴米油鹽，騙駕車的人再教我幾招維持幸福的祕術；還有半壁太平盛世，瑩瑩，讓我倚橋，看看浮雲。

——選自《女兒紅》電子書，印刻出版，二〇二一

● ———— ○ **筆記／石曉楓**

簡媜在〈秋夜敘述〉中虛設了一受話者「瑩瑩」，也是書信體散文的另一種變型，但她並未採用原始書信的寫作格式，而是將文分為九節，分節書寫夜裡返家途中所見所聞，並在行文間反覆呼告「瑩瑩」，向著此虛設對象傾訴其所思所感。

簡媜別具慧心，首節「蛤蟆與幸福祕術」對應末節的「幸福祕術」，中間各節亦多有所對應，形成迴環往復、一唱三嘆的節奏，然全文重點無非環繞著「幸福」一詞，為如瑩瑩般秉性聰慧，卻頻頻扣問生命意義而自苦、而遭受生命磨難的「宿罪族裔」，釐清所謂「幸福」的定義，不僅在於擁有「真實的、有體溫的、準時開飯四菜一湯的」溫馨小戶生活，更在於必須「在自身之內擁有連續性和諧」，重新回到過去，與自我和解，才能在「尋俑之旅」中贖回昔時的傷痛，重行開啟新生活。

本文題為「敘述」，具傾訴性質，又有「瑩瑩」作為受話者，基本上營造出書信體散文親切、平易近人的氛圍。然而行文間所探討的課題，有關於生命歷程裡愛恨情仇的思考、人在天地間行走與萬物的對應與變化，以及對於生命的喜悅與禮讚等，議題稠密而繁多，又強化了意義深度，因而能擺脫書信的日常對話性質。可以說，簡媜相當善於利用書信體散文的優勢，形塑讀者的同理共感與認同，又能打破書信體散文的日常局限，在內涵部分開發出關於生命議題的思索、欣賞與觀照，因此「瑩瑩」遂由對特定對象的呼告，一轉為對不特定對象、普世經驗的陳述與闡發，文章的深度與厚度由此而得到擴大。

簡媜，一九六一年生，散文、繪本作家。創作多元奇變，題材從鄉土、親情、女性、教育、愛情到城鄉變異、社會觀察、家國歷史、生老病死，自成一格。曾兩度獲金石堂年度風雲人物、台積電文教基金會「二〇一七青年最愛作家」、二〇一八年獲「當代臺灣十大散文家」。著有散文《女兒紅》、《天涯海角》、《誰在銀閃閃的地方，等你》、《我為你灑下月光》、《陪我散步吧》及小說《十種寂寞》等二十餘種。

怪吃目睹記、乞者

阿盛

〈**怪吃目睹記**〉

吃東西，就是吃東吃西。吃之本義「言蹇難」，口吃；若用新法解字，以口乞四方食，蓋口字形狀四方。

吃食有常有異，異常之食恐怕無人道得完。我見過一些，不妨記下。

有不少老代鄉人，嗜雞鴨鵝蛋之未成孵者，雛形已具，胎死，剝殼取出，不洗不烹，直接入口，宣言，此物極滋補。其腐味實常人難堪，而食者稱為芳氣。彼等每巡行各家乞蛋，得之現喜色，不得則悵惘，數十年不輟。

壁虎幼蟲，通身半透明，肉眼可見臟骨，亦多人喜食之。捕捉法，以厚大橡皮筋彈射落地，免傷其體。得足數，合置細籠中，餓之數日，待體內排泄淨盡，洗淨移入米酒瓶，浸一週上下，取食，或乾吃或佐小菜，咀嚼之聲令人「髮指」。想來，蘇東坡在海南隨俗食「蜜唧」幼鼠，大概如此。

食蚯蚓，概略如壁虎。另法，剖開清除畢，和蒜蔥醬油，大火快炒。我曾放膽一嚐，無甚特殊，味似魚腸而脆。

蜜蜂泡酒或油炸，皆非稀奇，油炸蚱蜢白蟻才罕見。蚱蜢，田中多多，白蟻，大雨前後往往飛出。一同儕獨鍾白蟻，預先熱油，細鐵絲網盛滿白蟻，油滾時，放網入鍋輕搖，半分鐘，可食矣。

果蟲，通常料理同白蟻，生吃亦可，但二物取得麻煩。我看過一人連吃十隻，他與四友打賭，贏了四餐。

北來，聽聞極多怪食，未必親睹。在學期間，士林夜市有賣鱉者，現宰現煮，我旁觀。鱉縮頭，其人反轉鱉身，甲貼砧板，鱉乃伸頸撐身，其人左手迅捷攫住鱉首並立即翻面同時右手之刀落下，真像蒲松齡記錄的「好快刀」。賣鱉者云，一顧客專吃鱉頭，煮炒隨意，只配九層塔，亦怪人耶？我心想，你自己也夠奇的了。

任職報社時，頻至萬華夜市就食，觀宰蛇，總是渾身起疙瘩。蛇已剝皮清腹，依然活動扭轉，我以為怖駭鮮有過此者。

歐美之人視臭豆腐皮蛋為惡心食物，嘲之諷之，斯亦無聊。法國義大利的「蛆起司」怎麼說？吃的東西不同，東西南北四方飲食觀不同，怪則怪矣，論好壞，誰爭得完？

〈乞者〉

乞食是要劃分地盤的，我童少年時識知如此。鎮上人口約五萬，乞者粗估十人，各個區域街里，常見的乞者總是同一人或一家人，若有外地客來踩「管區」，彼此相遇會吵架的。

乞者多數是老人，未必病殘。他們只在白天巡行，拿陶碗或粗瓷碗，你施捨銀角抑食物，都裝入碗。沒有像戲劇裡那樣唱哀歌、講一堆可憐話，而是頂多一兩句「頭家好心好行哦」、「頭家娘有量有福哦」之類簡要語。熟悉了，甚至雙方默契十足，一予一取，頓首離去，連謝字也省了。何家何店主人大方或凍酸，他們當然清楚，但也不專挑軟柿子頻頻光臨，頗曉自我撙節。

難免也有葛葛纏的「大本乞者」，大聲大氣要求多，反客為主，那肯定是新入行或過路幫。過路幫遊縣吃縣遊府吃府，不管信譽禮數，類似游擊隊。正規軍注重人和，不擾民不強取不惹事，你問他們想要什麼，概答：「請裁就好。」

我一小學學長，乞者之孫，無父無母，導師特別憐恤他，助資供他讀到初中畢業，考上師範學校，當教師。導師英年過世，他堅持以親子之禮辦理後事，頭尾所費皆己出。他後來送走祖父，考試及格出國留學，但不明今在何處。

今之乞者，傳言由幫派控制，企業化經營，實則不然，幫派早已現代化，介入企業經營，不屑小錢。小規模集體吃住、分區行乞，是有，大規模集團化則無。我在報社多年，曾多方面深入去訪查探究，所以知情。

現在與以往同樣，乞者仍分正規軍游擊隊。迎神賽會建醮，各路游擊隊必到，免費吃拿順便討錢；有些還客串「剪綹」，趁亂扒取進香人的隨身物鈔。至於正規軍，多數是病殘，老人鮮見，大概現代老人都很明瞭子孫不可盡依賴而預先自存老本。

遊民未必是乞者，他們只是無所業。但，稱之為遊民或羅漢腳，他們會不悅的，你得跟著時代進步，稱「街友」。

我書房名「沽之齋」，意味賣字乞錢也。嘗戲道演講是化緣，作家王盛弘則謂之採藥，我從其說，乃名客廳為「採藥堂」。

——選自《萍聚瓦窯溝》，九歌出版，二〇一二

●——○ 筆記／石曉楓

阿盛數十餘年創作生涯中，其散文專著的「量」固然豐碩，「質」方面的講究與表現，亦是有目共睹。鄉野土俗的滋養，構成阿盛散文中最獨特的素質，在〈怪吃目睹記〉、〈乞者〉二文中，我們可以發現豐厚的事件脈絡，以及活靈活現的人物寫真，依然是阿盛散文最擅勝場之處。他以說書人明快而生動的筆調，歷數故土人物與社會風俗，接地氣又有煙火氣，點染間立見台灣庶民的真實生活。

〈怪吃目睹記〉以筆記體形式，寫各種眼見為實的「怪吃」：雛蛋、壁虎、蚯蚓、蜜蜂、蚱蜢白蟻、果蟲、鱉、蛇等不一而足，三言兩語點染，果然令人嘖嘖稱「怪」。〈乞者〉則寫童少時鄉里所見，所謂世事洞明、人情練達，在阿盛筆下，販夫走卒皆自有性情。本篇寫昔之乞者乞亦有道，講義理、重分寸且知恩圖報，談社會人情之餘，兼嘲讀書人以「沽之齋」命名書房，實亦取「賣字乞錢」之意，自嘲中且有自尊，閒閒帶過、隨即收筆，餘味遂無窮。

〈怪吃目睹記〉、〈乞者〉二文由題名、體裁到行文都有文言風味，如「怖駭鮮有過此者」的文言語句，於其間比比皆是，奇的是阿盛每每或穿插直白口語，如「我心想，你自己也夠奇的了」；或雜以閩語「凍酸」、「葛葛纏」、「剪綹」等，用字典雅精確。其短文輒見台文雅言與現代俚語交相為用、城鎮與鄉土素材融合無間，真可謂揮灑自在，無入而不自得。

長於鄉土的薰染，以及中文系出身的背景，使阿盛的文字，能夠自然遊走於台語俗諺與文言語法之間；對於典故的自由化用、對於語言的鎔鑄與創造，儼然已形成「阿盛體」散文獨樹一幟的特色，也為現代散文注入了新鮮的活力與表現方式。

阿盛，一九五〇年生，本名楊敏盛，台灣台南新營人。東吳大學中文系畢業。曾任職中國時報系十七年。獲南瀛文學傑出獎、五四文藝獎、吳魯芹散文獎、吳三連獎文學獎、中國文藝協會文藝獎章、中山文藝獎等。著有散文集《海角相思雨》、《萍聚瓦窯溝》、《行過急水溪》、《十殿閻君》、《阿盛精選集》、《夜燕相思燈》、《三都追夢酒》等二十三冊；小說《七情林鳳營》等二冊；以及歌詩《臺灣國風》。主編散文選集二十二冊。作品收入多版高中、大學國文科課本，現主持「寫作私淑班」。

石上、搖椅*

西西

〈石上〉

那天，當我經過一座花園，看見一座石雕的天使坐在一塊石上，我就想起你了。你才三歲。我只上過你家去一次，我也只見過你一次，你穿著一條短裙，坐在母親的膝上。你和別的三歲小女孩沒有什麼分別。從表面上看來，你簡直就和她們一模一樣，你說話說得很清晰，也會唱很簡單的歌。但你母親把一隻手按捺你右邊的腦側，那裡有一個暗鈕。

醫生把一條管裝置在你的腦內，把管通到你的心臟，因為你的腦裡，有很多水，水太多了，會影響你的健康。那條管，就是把水引到心臟去的。此後，每隔幾年，你會長大，醫生就要把那管取出來，換一條新的，因為當你長大，管就顯得短了。我對醫生的本領佩服得說不出話來。但我想，以後，你將怎樣呢？當你長大，你能上體育課麼，你能游泳麼，你能幸福地過一生麼？你的母親是那麼地愛你，但她實在不能一生一世照顧你。

然後，我知道你發高熱。我看見你母親哭。她是一位很好的母親。而這你是不知道的，因為你的年紀實在小，你才只有三歲。你的母親哭得那麼傷心。我看見的。那天，當我經過一座花園，看見一座石雕的天使坐在石塊上，我就想起你了。我不過只見過你一次。但我想起你。

〈**搖椅**〉

當我六十四歲的時候，我想，我會坐在我的一張搖椅上，想起你。你是誰，我當然記得，但現在，我把你忘記。你說，就這樣決定了，我說，就這樣決定了。你說，我終於也變成同一間廠裡出品的一種面具，並且為自己敷設一層人造的皮膚。你高興怎麼說就怎麼說。你是一幅美麗的波的采尼，而我買不起。不過，我是記得你的，你以為我的記憶如一塊黑板，片刻後就被抹成一片空濛麼。我如今是把它們擱在一個閣樓上，把它們藏在一個櫥裡。那是一個密封的櫥，此刻，門是掩上的，門上沒有玻璃。我怎樣把一些記憶收藏，記憶又如何被排列組合，我都記得，我習慣整理出井井有條的秩序。然後到我六十四歲的時候，我的記憶都如梨，我將細

＊編按：囿於授權問題，二篇選文圖片部分請參閱《剪貼冊》（洪範書店，一九九一）。

細咀嚼。我一定會坐在我的一張搖椅上笑，覺得我或者也傻也荒謬，甚至認為我不該浪費一個美麗的櫥來盛載記憶。啊，我到今日仍如此天真，我何以要去遙想數千個明天以後的事。明天來臨時，我難道就會有足夠的能力去購置一張搖椅，以及擁有那方能夠容納一張搖椅的空間。我難道又能夠活到六十四歲的年齡。明天不外是一個奢望，我根本不可能在六十四歲的時候，坐在一張搖椅上想起你，因為你，和我的搖椅，和我的六十四歲，都是無雲的雨天。

——選自《剪貼冊》，洪範書店，一九九一

●——————○

筆記／石曉楓

《剪貼冊》中的文字，原是西西一九七三至一九七四年間在香港報刊書寫的專欄，後來蒐羅結集成書，全書圖文並列，據說靈感來自於香港中學畢業會考時，英文口試所規定的「看圖說話」項目。西西以手邊適用的圖畫為本，採取的書寫策略則是多樣化的。

例如〈石上〉一文，寫法應當是她最嚮往的「把圖畫當是飛毯，上天入地」，西西由路過花園偶見的石雕天使像，聯想及友人之病女。字裡行間對三歲女孩的病況做了詳實描述；但明寫病童，實則暗寫母親的艱難、不捨與心傷。讀者若對照圖片延伸想像，當可以感受到石雕天使那斜穿而上的長羽翼，實在飽含了無盡況味與隱喻。

至於〈搖椅〉一文，則採取「跟圖畫若即若離，發揮一下想像」的書寫策略。本文搭配的圖畫是西班牙畫家畢卡索（Pablo Picasso，一八八一—一九七三）繪於一九四三年的〈搖椅〉（The Rocking Chair）。畢卡索曾畫過許多椅上女子，諸如〈坐在扶手椅上的女人〉、〈靜坐的藍袍女子〉、〈自我陶醉的女人〉、〈坐在紅椅子上的裸女〉、〈安樂椅上的女人〉等，而搖椅系列主題的作品也有多幅，西西選用的這幅是立體主義、現實主義和超現實主義手法相結合的抽象主義時期作品；因為抽象，更適合自由發揮想像。「當我六十四歲的時候」對應搖椅上的悠然與歲月之悠長，導引出「我」將重新開啟關於你所有記憶的想像；而在那之前，「我」則打算先將你封存在櫥裡。然而我又想，凡此其實都是虛妄的願望，「因為你，和我的搖椅，和我的六十四歲，都是無雲的雨天。」短文裡思緒千迴百轉、纏綿萬端，而細看圖中複雜的各種線條描繪，與女子看似空洞實則若有所思的神情相對照，果然充滿了圖文若即若離，卻又融合無間的美感體驗。

西西，一九三七年生於上海，原名張彥，廣東中山人，一九五〇年定居香港。香港葛量洪教育學院畢業，曾任教職，為香港《素葉文學》同人。一九八三年，〈像我這樣的一個女子〉獲《聯合報》小說獎推薦獎，正式開始了與台灣的文學緣。著作極豐，包括詩集、散文、長短篇小說等三十多種，形式及內容不斷創新，影響深遠。曾獲《星洲日報》「花蹤世界華文文學獎」、香港書展「年度文學作家」及「紐曼華語文學獎」。

你有歸路，我仍在旅途——

風格的呈顯

蒼蠅

周作人

蒼蠅不是一件很可愛的東西，但我們在做小孩子的時候都有點喜歡他。我同兄弟常在夏天乘大人們午睡，在院子裡棄著香瓜皮瓤的地方捉蒼蠅，——蒼蠅共有三種，飯蒼蠅太小，麻蒼蠅有蛆太髒，只有金蒼蠅可用。金蒼蠅即青蠅，小兒謎中所謂「頭戴紅纓帽，身穿紫羅袍」者是也。我們把他捉來，摘一片月季花的葉，用月季的刺釘在背上，便見綠葉在桌上蠕蠕而動，東安市場有賣紙製各色小蟲者，標題云「蒼蠅玩物」，即是同一的用意。我們又把他的背豎穿在細竹絲上，取燈心草一小段放在腳的中間，他便上下顛倒的舞弄，名曰「戲棍」；又或用白紙條纏在腸上縱使飛去，但見空中一片片的白紙亂飛，很是好看。倘若捉到一個年富力強的蒼蠅，用快剪將頭切下，他的身子便仍舊飛去。希臘路吉亞諾思（Lukianos）的《蒼蠅頌》中說：「蒼蠅在被切去了頭之後，也能生活好些時光」，大約二千年前的小孩已經是這樣的玩耍的了。

我們現在受了科學的洗禮，知道蒼蠅能夠傳染病菌，因此對於他們很有種惡感。三年前臥病在醫院時曾作有一首詩，後半云：

大小一切的蒼蠅們，
美和生命的破壞者，
中國人的好朋友的蒼蠅們呵，
我詛咒你的全滅，
用了人力以外的
最黑最黑的魔術的力。

但是實際上最可惡的還是他的別一種壞癖氣，便是喜歡在人家的顏面手腳上亂爬亂舔，古人雖美其名曰「吸美」，在被吸者卻是極不愉快的事。希臘有一篇傳說，說明這個緣起，頗有趣味。據說蒼蠅本來是一個處女，名叫默亞（Muia），很是美麗，不過太喜歡說話。她也愛那月神的情人恩迭米盎（Endymion），當他睡著的時候，她總還是和他講話或唱歌，使他不能安息，因此月神發怒，把她變成蒼蠅。以後她還是記念著恩迭米盎，不肯叫人家安睡，尤其是喜歡攪擾年輕的人。

蒼蠅的固執與大膽，引起好些人的讚嘆。訶美洛思（Homeros）在史詩中嘗比勇士於蒼蠅，他說，雖然你趕他去，他總不肯離開你，一定要叮你一口方才罷休。又有詩人云，那小蒼蠅極勇敢地跳在人的肢體上，渴欲飲血，戰士卻躲避敵人的刀鋒，真可羞了。我們僥倖不大遇見渴血的勇士，但勇敢地攻上來舐我們的頭的卻常常遇到。法勃爾（Fabre）的《昆蟲記》裡說有一種蠅，乘土蜂負蟲入穴之時，下卵於蟲內，後來蠅卵先出，把死蟲和蜂卵一併吃下去。他說這種蠅的行為好像是一個紅巾黑衣的暴客在林中襲擊旅人，但是他的慓悍敏捷的確也可佩服，倘使希臘人知道，或者可以拿去形容阿迭修思（Odysseus）一流的狡獪英雄罷。

中國古來對於蒼蠅也似乎沒有什麼反感。《詩經》裡說：「營營青蠅，止於樊。豈弟君子，無信讒言。」又云：「非雞則鳴，蒼蠅之聲。」據陸農師說，青蠅善亂色，蒼蠅善亂聲，所以是這樣說法。傳說裡的蒼蠅，即使不是特殊良善，總之絕不比別的昆蟲更為卑惡。在日本的俳諧中則蠅成為普通的詩料，雖然略帶湫穢的氣色，但很能表出溫暖熱鬧的境界。小林一茶更為奇特，他同聖芳濟一樣，以一切生物為弟兄朋友，蒼蠅當然也是其一，檢閱他的俳句選集，詠蠅的詩有二十首之多，今舉兩首以見一斑。一云：

「笠上的蒼蠅，比我更早地飛進去了。」這詩有題曰〈歸庵〉。

又一首云：「不要打哪，蒼蠅搓他的手，搓他的腳呢。」

我讀這一句，常常想起自己的詩覺得慚愧，不過我的心情總不能達到那一步，所以也是無法。《埤雅》云：「蠅好交其前足，有絞蠅之象……亦好交其後足。」這個描寫正可作前句的註解。又紹興小兒謎語歌云：「像烏豇豆格烏，像烏豇豆格粗，堂前當中央，坐得拉鬍鬚。」也是指這個現象。（**格猶云「的」，坐得即「坐著」之意。**）

據路吉亞諾思說，古代有一個女詩人，慧而美，名叫默亞，又有一個名妓也以此為名，所以滑稽詩人有句云：「默亞咬他直達他的心房。」中國人雖然永久與蒼蠅同桌吃飯，卻沒有人拿蒼蠅作為名字，以我所知只有一二人被用為渾名而已。

——**選自《雨天的書》，里仁書局，一九八二**

● ——— ○ **筆記／石曉楓**

從風格表現而言，狹義的散文多走抒情路線，廣義的散文則可含括雜感式的知性議論，其要點在藉由事物鋪寫，呈現個人的識見與思想。

相對而言，知性散文的書寫，可能更要求作者具備廣博的學養、深刻的生命經驗。而在中國現代文學初興之際，周樹人（魯迅）、周作人兄弟，便成就了相互輝映的兩種文學典型，所謂「東有啟明，西有長庚」，周作人表現出沖淡的學者氣質，魯迅則發而為「投槍匕首」式的激越之聲。早期新文學運動初起之際，周作人亦曾提出〈人的文學〉等主張，戮力於文學文化之改革，然隨著政治立場與文學主張的日益分歧，周氏兄弟終於交惡，被目為附日知識分子的作人，更日益朝「隱士」之途邁進。

本文收錄於《雨天的書》，先是以虛實交替的筆法，反覆鋪陳對蒼蠅愛惡矛盾的情感，譬如明明討厭蒼蠅「喜歡在人家的顏面手腳上亂爬亂舔」的壞癖氣，卻又藉由處女默亞的希臘傳說，將蒼蠅的形象一轉為美。全文大抵採用此種錯落有致的筆法，令人無所捉摸其對蒼蠅的真實態度為何。

再者，周作人在短短篇幅裡，大量動用了中國、日本、希臘羅馬傳說等，從詩經到小兒謎語雅俗均包，從文學到生物學無所不知，旁徵博引地用典，展露出學者散文的典型特色。此種寫法因個人介入稀少，作者與作品之間便容易保持一種疏淡、客觀的關係。至於在美學主張上，本文也體現了「以醜為美」的情致，所謂「宇宙之大、蒼蠅之微，皆可取材」。周作人以淡筆寫蒼蠅，文字固然明淨簡潔，風格固然沖淡自然，唯其中是否暗藏隱約的反諷？讀者亦可反覆吟詠細察之。

周作人（一八八五—一九六七），號知堂。魯迅（周樹人）之弟，周建人之兄。中國著名散文家、思想家及翻譯家，也是新文化運動代表人物之一。歷任北京大學教授、東方文學系主任，燕京大學新文學系主任、客座教授。並曾任新潮社主任編輯。五四運動之後，參與發起成立「文學研究會」；並與魯迅等創辦《語絲》週刊。精通日語、古希臘語、英語。在日本留學期間，與魯迅合作翻譯出版《域外小說集》。主要著作有回憶錄《知堂回想錄》；散文集《自己的園地》、《雨天的書》、《談龍集》、《談虎集》、《看雲集》、《苦茶隨筆》等；詩集《過去的生命》；小說集《孤兒記》；論文集《藝術與生活》、《中國新文學的源流》；論著《歐洲文學史》；文學史料集《魯迅的故家》、《魯迅小說裡的人物》、《魯迅的青年時代》，另有多種譯作。

榆下景

董橋

上海復旦大學外文系混血兒老師劉德中先生開的課特別叫座，講劇作家劇本總是先在黑板上畫舞台草圖，人物登場、交談的線路和位置交代得清清楚楚，像個導演。他的學生陸谷孫說，文革禍起，從外地勞教回來的劉師母在上海里弄受到殘酷迫害和人身侮辱，夫婦倆決定以死抗爭。

那天傍晚，有個學生還到江蘇路劉老師家去看老師。師母在裡屋蒙頭大睡，老師神志恍惚，答非所問。學生匆匆辭出，瞥見門邊一捆新買的繩子靜靜發著白森森的寒光。過了幾天，鄰居不見劉家下樓取牛奶，報警破門查看，只見夫婦倆穿著華服，在半尺不到的距離內面對面懸樑自殺，斷氣已經多天了。「屋角殘燈如豆，」陸谷孫這樣寫。「光圈照射處有本洋文書，書中有兩行文字以紅筆勾勒，大意是悲問上蒼：人間冷酷，何處始可覓得溫暖？」

那場浩劫，復旦大學是重災區，復旦外文系災情更慘重，自殺的老師學生都十幾人。也許搞外語外文的地方真的是西方帝國主義的幽靈在中土回煞的所在，那段小資產階級意識流的頹廢情調，注定要那些愛上洋文的人在圓舞曲的漩渦中掉進共產主義設下的煉獄。那天深夜我讀完魏紅那篇一萬多字的文稿，心中的寒意竟也久久不散。

是我在萬隆的一位老同學寫介紹信讓她來看我的。信上說，魏紅是她沒見過面的同父異母姊姊，動亂中剛跟大媽逃來香港，人地完全生疏，要我幫她找份差事讓母女倆心裡踏實；錢多錢少不要緊，基本生活費南洋的父親會按月匯來。信是一九六八年夏天寫的，魏紅帶著信來看我已經是那年的冬天了。「不好意思打擾妹妹的同學。」她說，「拖了大半年，還是冒昧來了！」

老同學當然沒想到這裡生計大難，我的日子也過得緊緊的。魏紅來了七八個月，找工作沒有絲毫頭緒，心情到比在「上面」輕鬆多了。她說她生在福州，從小跟外婆在鼓浪嶼長大，四九年之前到一位美國老太婆家學了好幾年英文，一九四九年之後又跟著外婆回廈門跟母親住。在廈門大學外文系裡念過一年書，肺病復發，哮喘加劇，養了一年多才好起來，母親不讓她回校，怕她過勞。輟學後她在母親當護士的醫院裡學出納，工餘拜一位非常疼她的學者為師，教她英美文學，指導她讀完一大堆經典作品。

「林老師早年留學英國，」魏紅說。「聽說跟林琴南是親戚；研究狄更斯，解放前在上海英文刊物上發表過論文論霍桑。我老師死得好冤。」說起老師，她文靜的臉一下子變得灰暗，長長睫毛下亮著湖光的眼睛也濡上淡淡一層淚影。老同學說姊姊比她大兩歲，那時候該二十七、八。那一頭天生飄著波紋的濃髮一刀剪齊，短短厚厚蓋著兩耳、遮起半邊眉月，瘦瘦的容顏立時加了兩分豐盈，連那薄薄的嘴唇都見得更薄了。也許是飽經肺癆和哮喘的折磨，魏紅整個人白得禁不起光的褻瀆，一照彷彿就會茫茫然化成浮雲了。

我到處給她打聽門路，兼差甚至短工的機會都替她接頭。有一兩個空缺本來有點眉目，最後都因為她不諳粵語吃了虧。轉年春天，我終於拜託一位父執替魏紅找到一份家庭教師的差事，每天下午給兩個小學兄妹補課，主力教英文和算數，中文用學校的課本教國語，薪酬蠻體面的。魏紅越教越高興，很快進入狀況當起春風化雨的魏老師了。

瀋陽出版的《萬象》雜誌十一月號壓卷之作是上海陸谷孫回憶復旦師長的〈秋風行戒悲落葉〉，緊接下來的一篇是台灣林文月的〈在台大的日子〉。海峽兩岸兩位年過花甲的學者教授，帶著虔敬的心情追述兩個不同政治環境下的問學往事，流露的是當代中國兩代知識分子國破之後迥異的命運。我在林先生筆下讀到的是台大老樹屹立中庭，以榮枯不同的眼神守護著一代一代的知識學術的新血。我在陸先生筆下讀到的是帶著宗教虔誠治學教學的名師碩儒，在一波一波的政治運動中不得不轉換膜拜的神像，有的甚至鼓起虔誠的勇氣結束自己的生命，為的是保住信仰的尊嚴。

六十年代從台灣來到香港，我忽然屹立在兩個中國尷尬的分水線上，沒有脫困的超然，只有沉重的惘然。魏紅淡淡一句「我老師死得好冤」，加上她眼神裡那淡淡的一層淚影，傳給我的是善良的心靈蒙受永世傷痛的噩耗。看著她漸漸安頓下來，我好幾次勸她寫點文章，不要讓心中的故事在無情的歲月裡化成塵封的記憶。在那個貧瘠、樸實而善感的年代，人與人之間的交往經常浮蕩著濃濃的關愛和深深的懇摯。現在回想，三十二年前我對她的鼓勵似乎有點踰常，也有點老土：她和她周遭的人經歷的坎坷未必應該在文字的領域裡重現。

那時期，南來的好幾位前輩文人都在編雜誌編報紙，我經常給他們寫些他們要我寫或者我很想寫的文字，魏紅看了總會打電話說說她的感想。謀生過分艱辛跟生活過分安逸的人一樣，不太可能寫出過分成功的作品；年齡閱歷的稚嫩固然又是筆下浮泛的根源。我當時只是利用每一次寫作的機緣磨練文字的技巧，不惜臨摹心儀作家的筆勢打下遣詞造句的根基。魏紅的修養誠然深厚得很，往往步步認出我字裡行間許多古人今人的足跡。

那年中秋節過後三四天，我意外收到她寄來的一封短簡和一篇文稿。短簡上說：「荒村客路，江山無主，往事天天蠶食我的心，再不寫一點出來，深恐心死筆枯，愧對逝者。」文章題為〈秋祭〉，沒有署名，寫得情深筆淡，越淡越痛。我還依稀記得文中幾句揪心的句子；尤其感到惋惜的是魏紅原先答應在一份半月刊上發表，看了校樣反悔不登，電話裡對我說：「昨天夜裡夢見他，一句話沒說。我想我不能這樣洩漏我們的事。我錯了。」我聽到她低聲的抽泣。

〈秋祭〉開筆第一句是這樣寫的：「臨走前一天的深宵，我悄悄走到我們上第一堂課的榆樹下摸一摸他慣坐的石凳子，冰冷冰冷的。」林老師那年五十二歲，身體多病，長年就醫，汽車撞斷過的左腿越來越不聽使喚，最後只能靠一枝拐杖慢慢拄著走路。

不知道魏紅的師母是調去勞校還是在廈門以外的城鎮工作，文章裡只說孩子病死了，她一年只回家三四次，林老師的飲食起居全靠這位女弟子照料。他們兩家住在同一個院落裡，朝夕相處，父女似的親情漸漸演變成淒迷的忘年之戀，不能公開，不堪辯白，不可挽回。

文革爆發前夕，他的單位已經找他去談過幾次話，一疊一疊的材料記錄了他的反動背景、學術陰謀和人格瑕玷。文革一起，四方矛頭直指他的心窩，明明暗暗的抹黑和出賣乃至陰陰險險的折磨無休無盡，林老師萬念俱滅。那天早上，魏紅提著早飯走進破落的斗室，林老師服毒死在床上：「我緊緊抱他在懷裡，輕輕吻著他的額頭，心中一遍一遍呼喚他。他沒有醒過來。我把臉偎在他冰冷的唇邊叫他再親我一下，叫他再疼我一下：我要你回來。」

——選自《從前》，九歌出版，二〇〇九

本文選自《從前》，書名言簡意賅，彰顯出董橋從老時代裡提煉出的文化品味；而〈榆下景〉寫的，亦已是卅二年前的舊人舊事了。

文章先從當下閱讀的文字場景起筆，關於文革期間上海復旦大學外文系劉德中老師，那臨死前一幕的描摹簡飭如刀。筆調隨即一轉至「那天深夜」，看似新近發生，往下閱讀卻原是一九六八年的舊事，作者以一句「我老師死得好冤」聯結起劉德中夫婦自盡之事。中間復插入關於魏紅形容的描繪，閒閒數筆勾勒，精神盡出。接著，筆鋒復調轉回二〇〇一年十一月號《萬象》雜誌，陸谷孫和林文月兩位教授的懷人散文，從而帶出「兩個中國」視野，「沉重的惘然」是我在香港遙望兩岸，對於知識分子的感懷與傷慽。往事回憶裡，魏紅和老師之間的情事慢慢托出，亂世中不堪世俗檢視的忘年之戀，成為彼此唯一珍重的砥礪與扶持。文章結束在魏紅「我要你回來」的間接引述，隔了一層，有情感距離的保持，也包含了作者對一代中國文人遭逢無法挽回的劫難之痛惜。

以一篇未發表的文稿〈秋祭〉作結，〈榆下景〉的標題望之閒適，內裡卻原來悲慟如是。董橋筆墨穿梭於今昔、人我與情感遠近之間，游刃有餘。他經受過中國典籍薰染與英國隨筆之洗禮，曾說：「我是比較傳統的人，文人還是要有一點琴棋書畫」；他確是「舊時月色裡的文化貴族」，讀書、閱報亦能引出諸多文人身影，說理、雜感則往往厚積薄發，這便是董橋風散文之特色所在。

董橋，一九四二年生，原名董存爵，福建晉江人。台灣成功大學外文系畢業，在英國倫敦大學亞非學院研究多年，曾任職《明報月刊》、《明報》、《蘋果日報》，在港台大陸出版作品數十多種。

牛津出版所有著作集四十種：《沒有童謠的年代》、《從前》、《小風景》、《一紙平安》、《讀書人家》、《讀書便佳》、《讀胡適》等。

記憶是一台時光機器

胡晴舫

經常路過街角那間商店，始終搞不清楚裡頭究竟在賣什麼；每天都在那個人左邊的桌子工作，卻連他右臉頰有顆痣也不知道。今晚，對生命不再有任何期待的都市人第一次踏進這裡，一個全然陌生的城市角落，居然渾身起了雞皮疙瘩。

我來過這裡。

從何時開始，這個記憶。因為身體尚未忘記昔日舊習慣，所以一下子便找到了自己該坐下來的那把椅子，還是因為「我」遭城市擊敗後的酸楚讓我寧願相信，自始至終，我本該歸屬此地，而不是外面那處無情的街頭。

記憶以一種奇怪的方式運作。或許是吧檯後那張善解人意的笑臉，或許是天花板那支轉個不停的鐵片風扇，或許是威士忌從酒瓶倒出時所散發的醇厚香氣，一點細節，化身一道線索，遂成一根細細的釣魚絲，從記憶的幽暗深處鉤出一處自己以為從不曾經歷卻再熟悉不過的時空。

似曾相識。記得這塊地方的「我」是這輩子的我，還是上輩子的我，而下輩子，那個「我」還能不能懂得如何循路歸來。也許我當初就不該離開。電影裡，旅館牆上照片裡的美麗女伶只是一個陌生的古人，還是自己即將穿越時空相識的戀人，如果沒有執意穿透記憶迷霧，毅然決然與她相遇，《似曾相識》（*Somewhere in Time*）的男作家又怎麼知道那朵永恆凝固於水銀底片的燦爛微笑，原來是情人看見他走進來時無限喜悅的剎那見證。那是她的過去，也是他的未來，更是他們共用的現在。

城市記憶的方式與人腦不同，不懂分類，不分輕重，也不管前後，只是統統放進同一空間，讓事件集體發生。這座城市，就像一盞阿拉丁神燈，什麼記憶都塞在裡頭。若要招喚一件記憶，只需擦擦燈身。

東京新宿的簇新高樓腳下，就在木造老街坊的黃金街裡，昔日飲食街，今日酒吧町，這間跟著克里斯．馬克（Chris Marker）電影命名的小小酒館「堤」擠在二樓，兩張榻榻米大，時空並置只是每晚例行演練的儀式。人們叫做「記憶」的那種東西，就裝在一支支寫上主人名字的酒瓶，窩在繁華大城的寒酸角落，耐心等著時空旅人突破重重宇宙法規，超越遼闊時空距離，隨時從地鐵走上來喝一杯，彷彿前夜他才來過，而不是上個世紀。那些隨手寫在酒瓶上的顯赫人名就像人人私下口耳相傳的都市傳奇，隨著周遭時空的轉變，愈發閃耀如都市霓虹燈，令人無法逼視。

是城市使人偉大，還是人使城市偉大。伍迪・艾倫（Woody Allen）的《午夜巴黎》（*Midnight in Paris*）沒有直接回答這個問題。但是，無論是對現實不滿而決定回到城市的過去，還是因為留戀過去而必須參與城市的現實，畢竟還是人影響了我們對城市的記憶。

後來讓泰瑞・紀蘭（Terry Gilliam）拿來當作《未來總動員》（*Twelve Monkeys*）電影藍本的《堤》（*La jetée*），那名背負世界存亡使命的時空旅人因為一張女人的臉而回到已經遭戰爭毀滅的過去，找到消逝不再的童年，尋到以為不存在的愛情。當未來人類邀他加入他們的新世界，他依然選擇回去那張臉的舊世界。記憶中的巴黎，仍有著真實的靜謐午後，真實的墓園，真實的綠地，和真實的戀情。而少了記憶的巴黎，管它是一九二〇年或一八九〇年，就算周圍環繞了多少藝術家、小說家、舞者、詩人、社交名媛，都不會是美好年代。

因為城市有了記憶，人們才能夠一再回到同一個人身邊，一再去同間酒館聊天，一再去同家麵店喝湯，猶如頑垢緊緊依附著城市角落，享受時光雕塑出來的空間。沒有了記憶的城市，就沒有家的感覺。因此，我們會像痛恨戀人無預警分手般痛恨各式城市拆遷，只因他們改了火車站的外貌，便在自家城市嗅到一股濃重的鄉愁。

然而，我們終究無法阻止城市演變，一如我們無法阻擋歲月流逝。於是，每座城市都有他們自己的新宿黃金坊，裡面每間小酒館都藏著人們的記憶，在時光洪流中築起一道堤，企圖替每個思鄉的都市浪子找到回家的路。

靠著一枚硬幣，靠著一輛舊式馬車，靠著開了三十年的海鮮餐廳，靠著一張永遠忘不了的臉孔，看似早已灰飛煙滅的城市時空都會立現眼前。記憶便是我們的時光機器。只要有了記憶，任何時代都會是我們渴望安身立命的黃金年代。

——選自《第三人》，麥田出版，二〇一二

●——○ **筆記／石曉楓**

胡晴舫多年來遊歷四方，東京、上海、香港、巴黎等均曾長住。杜念中曾謂其生活狀態如同「類」新游牧族，因此比絕大多數人更能享受世界主義的情感樂趣和知識高度。胡晴舫散文的知性氣質，或許源自於此種自由廣闊的視野。本文選自《第三人》，所謂「第三人」正是置身於道德之外的那個人，是獨立於僵化價值系統外的思索者，旨在保有不拘泥於固定角度的世情觀照。

文章從當下「我」的生活記事起筆，卻能迅即跳脫自我，將之投射到普泛的共同經驗：一種似曾相識的熟悉與時空錯置。隨即又將此種體感與電影《似曾相識》混融，從而營造出記憶迷霧的各種可能性。由此可能性，作者順勢接軌談城市空間的特性，正在於無分別性地將「什麼記憶都塞在裡頭」，因此時空扁平，隨時可能召喚出各種記憶。而後，再從電影《午夜巴黎》引出人與城市的關係（是城市使人偉大，還是人使城市偉大），並藉由《未來總動員》與其原型《堤》中的時空旅人，指出城市記憶所形成的聯結網，是人所以渴望重返之所由；而所有抵擋城市演變、時光流逝的懷舊之所，便是記憶保留的祕密，也是記憶成為「我們的時光機器」，讓我們得以安身立命之所繫。

本文大量動用電影（也是種共同的時代記憶）元素，串接起與城市記憶相關的各種主題，而舉凡《堤》（一九六二）、《似曾相識》（一九八〇）、《未來總動員》（一九九五）、《午夜巴黎》（二〇一一）等，無一不涉及未來／現在向過去的重返，轉科幻為現實，化記憶為永恆。胡晴舫談懷舊與鄉愁，卻能出之以理性分析，因而不耽溺、不濫情，成就其知性散文的氣質與風格。

胡晴舫，台灣台北生，文學、戲劇為根。住過香港、上海、東京、紐約以及巴黎等九座城市，寫作觸及全球文化現象，觀察大城市生活，直陳人類生命的本質。著有《旅人》、《濫情者》、《無名者》等書，其中《第三人》獲第37屆金鼎獎圖書類文學獎，《群島》獲二〇二〇年台北國際書展首獎。

鬍子少女

張惠菁

二〇〇六年初，我在台北國際書展的晚會裡初遇朵卡荻（Olga Tokarczuk）。那時我剛讀完英文本《收集夢的剪貼簿》（*House of Day, House of Night*），我問她，小說裡提到的庫梅爾尼斯（Kummernis），真有這樣的聖徒故事嗎？

她回答，是真的，在歐洲真有這樣的傳說，也存在相關的文獻記載。

聽到這個答案，我同時有兩種感覺：一是驚奇，那個充滿象徵與想像的故事，竟不是出於小說家的虛構；另一方面，又感到好像早猜到該是如此——那故事確實不該是小說家有意的創造，而是一則有其獨立生命，在人類的世界裡流轉經年，一再被轉述、甚至一再被改造的敘述。

在朵卡荻的小說中，庫梅爾尼斯故事發生在中世紀的歐洲。庫梅爾尼斯的母親早逝，父親參與十字軍東征，長年在外，而她又不是父親所希望的，可以繼承封建領土的兒子，這就注定了她與父親的關係很淡薄，成長過程受著親人的漠視。但當她長成美麗的少女，前來求婚的貴族男子絡繹不絕，這又注定了她不能選擇自己的命運，會被父親用作政治聯姻的工具。

但庫梅爾尼斯拒絕父親的婚姻安排，堅持自己是上帝的新娘，將終身過守貞的宗教生活。父親大怒，將她囚禁。終於上帝顯了神蹟，將庫梅爾尼斯的臉孔變成跟耶穌基督一模一樣的、留著長髮與鬍子的臉，只有身體仍是女性的身體。

這樣一來，應該沒有人會娶她了吧。但那暴怒的父親卻像隻負隅頑抗的野獸拒絕承認失敗，下令將女兒釘死在十字架上。

於是這個耶穌臉孔、女性身體的聖徒，亦男亦女地，實踐了和耶穌一樣的殉難死法。

庫梅爾尼斯的故事有許多不同的版本，在各地也被叫成不同的名字（例如St. Wilgefortis、St. Uncumber）。一般最普遍的說法是，神蹟使庫梅爾尼斯長了鬍子，但倒沒特別說是耶穌的臉。朵卡荻說《收集夢的剪貼簿》在波蘭出版時，因為她寫明是耶穌臉孔出現在女人身體上，天主教保守人士曾經抗議，但朵卡荻舉出了文獻證明確曾流傳此種說法。後來，又有劇場工作者將小說中這段庫梅爾尼斯的故事特別抽出來，改編成舞台劇。

簡而言之，庫梅爾尼斯，是一個雌雄同體的聖徒故事。她的造像經常是一穿著女性衣袍的少女，臉上長了鬍子，被釘在十字架上。庫梅爾尼斯的崇拜在十五、十六世紀之間流傳甚廣，人們相信她會保護受家暴所苦的婦女、不想進入婚姻的女人，並讓人們在面對死亡時不被焦慮所擊倒。雖說庫梅爾尼斯崇拜始終不被天主教承認，但在中歐卻流傳甚廣——這是個由下而上的民間信仰。

有人說，庫梅爾尼斯崇拜的開端，不過是穿長袍、蓄長髮的耶穌基督造像被誤認為女性罷了。從這個小小的誤讀，遂萌發了一個不被正統教會承認的民間信仰。

無論起點是什麼，是真有其人也好，是一時的眼花錯認也罷，一個形象或故事，必然是命中了許多人心裡說不出的那些隱處，引發了認同，捲動了能量，才會廣泛流傳至今。

人在宗教中尋找著位置，故事即位置。庫梅爾尼斯的故事提供了家暴婦女、不想結婚的女性，甚至不同性別傾向、不能被隨手置放進男女二分法裡的人，這些原本在社會正統價值觀中無處容身的人們，一個附著的位置。

或許，從那些位置開始，人們也會開始改變社會，朝向下一個時代轉動。

我還住在台北南區的時候，合租一層公寓的室友元元，養了一隻名叫小兔的狗。有一回小兔發生誤食事件——說是誤食，其實貪食的成分比較大，牠吃了我放在桌上的一盒生巧克力。當晚就出現嘔吐症狀，第二天送獸醫診所急診。原來狗是不能吃巧克力的。

因為這樣的緣故，那個星期天我們幾個朋友一起吃飯時，話題圍繞著狗的貪食意外。養了一隻狐狸狗的橘子說：「我們家阿魯前幾天吃了一整盤的涼拌洋蔥鮪魚。」一看見我一臉「咦？

鮪魚也不行嗎」的表情，他補充說明：「洋蔥，也是狗絕對不能吃的東西。」幸好阿魯的症狀，很神奇地，竟不怎麼嚴重。我看牠可能已經被同化成人類了。

「可是，難道狗不知道牠自己什麼可以吃，什麼不能吃嗎？」這是我的問題。一桌子養狗經驗豐富的行家們，耐心對我這外行人解釋，野生的狗也會吃錯東西，但牠們自己會去找特定的草類來解毒。家狗已經喪失這種能力了，別說沒地方挖草，就算有，說不定還挖錯，毒上加毒，死得更快。

我還以為喪失自然與直覺的生活能力的，只有人類而已呢。原來狗在都市裡，跟人混久了，也會變得貪吃又遲鈍，真是近墨者黑。不過，狗類原初具有的那種尋找草藥解毒的能力，令我覺得很神奇。換句話說，自然界運作的方式並不是：讓你懂得按照標準食譜吃東西，好活得白白胖胖；而是：不排除吃下各種可吃不可吃食物的可能，但同時給你治癒的能力。

莫非天地養育萬物，即是依循這樣的法則？

從這裡，又聯想到庫梅爾尼斯故事的出現與流傳。也許，在十五、十六世紀，曾經有人從眾多的聖徒傳說中，拾取了這個雌雄同體的聖徒故事。像是找到一天然的藥柄，醫治在世間遭遇的傷害，並獲得嶄新的力量。

在被醉酒的丈夫拳腳相加、在被逼迫進入婚姻，在中世紀的女性種種感到現世無處可棲的時刻，她們取出這個聖徒故事，故事的敘述力量打開一個看不見的位置，給予她們以安頓。

於是，故事就這樣流傳下來了。

——選自《步行書》，遠流出版，二〇〇八

●————○ **筆記／石曉楓**

本文由日常生活、日常事起筆，先寫在國際書展晚宴上與作家相互交流時對朵卡萩的提問。但作者完全無意沾滯於此，她隨即由事件本身帶入閱讀時的所思所感，指出朵卡萩小說裡的庫梅爾尼斯，實則是由下而上、傳布廣遠的一則民間信仰，它以聖徒故事為外衣，提供了讀者多重意涵與撫慰：中世紀以降（來自父親的）家暴、（來自傳統的）被迫進入婚姻，以及（來自懲戒意味的）死亡，凡此生活中的凌辱、壓迫與恐懼，在故事中都能得到宗教性的諒解。而庫梅爾尼斯最後因神蹟顯現，所賦予的雌雄同體形象，則更加入了現代意涵的性別傾向隱喻，足以為個人指認出二分法外的容身之處。

由此，作者提出社會「位置」的問題。人如何尋找自己在世界上的位置？這似乎是歷史系出身的張惠菁極大關懷所在，早期她自述《閉上眼睛數到十》是一本關於「關係」與「位置」的書；而她也將《步行書》定義為「一本時間的孔隙之書」，在時間中的步行者，會於「其中鑿開一個又一個的站立點」。

一番思辨後文章重新轉入生活事件，寫朋友聚餐時關於小狗吃食的話題，散文回到平易可親的氛圍，充具了物我同類的無分與平等。然而藉此生活事件，作者筆鋒一轉，又提示了物我可能同被賦予天然的「治癒」能力，差別在於，那能給人類予力量，並為人類所獨有的，便是前述「敘述的力量」，文章至此又兜轉回起始關於小說的閱讀體會。而作為寫作者，敘述的力量正是印證，也是書寫／閱讀「位置」的取得與確認。

本文充分展現了張惠菁知性、靈巧而聰敏的思維風格，她與張小虹、蔡珠兒、胡晴舫、柯裕棻等，共同建構了台灣都會女性散文的知性系譜。

張惠菁，一九七一年生，台灣宜蘭人。臺灣大學歷史系畢業，英國愛丁堡大學歷史學碩士。一九八八年出版第一本散文集《流浪在海綿城市》，其後陸續發表有小說集《惡寒》與《末日早晨》，及《閉上眼睛數到十》、《告別》、《你不相信的事》、《給冥王星》、《步行書》、《雙城通訊》、《比霧更深的地方》等作品集。曾於博物館任職，以及在上海、北京生活工作的經歷，使得她文章中常見信手打開的時空跨度。二〇一九年起進入出版行業，現為衛城出版、廣場出版總編輯。

〈現代名勝〉等三篇

黃國峻

〈現代名勝〉

世界各地都有著名奇景，即使是在大都市裡也一樣。金字塔、鐘乳石、摩天大樓、歌星的簽名隊伍……等，無奇不有，而且多半都有一段故事或深刻的成因。不過我實在搞不懂，為什麼屈臣氏總是喜歡把店裡的商品疊成一堆堆柱子？我晚上就做過一個噩夢，夢見有一堆婦女用品疊得像希臘帕特農神殿的柱子那麼高聳，然後突然一堆倒塌的特價絲襪把我壓扁了，我的心理醫生把它解釋成性慾與希臘神話的認知，受到消費焦慮症所脅迫的一種反射現象。

我在玩具反斗城還看過一整條的芭比娃娃隧道，很恐怖，我被粉紅色和微笑包圍，加上凱蒂貓的軍隊，那對我根本像鬼屋一樣要命，我走出商店差不多連續三天，眼前都是一片綠色的補色，跟從屈臣氏走出來正好相反。還有很多都市奇景是無法解釋的現象，例如每天吸入汽車廢氣和每天吃入有毒食物居然還活著，或者電視洋片頻道的排片週期，這應該算天文學的領域。

我發現他們的排片是有律則的：週一播鬧劇片、週二播爛片，週三播沉悶片，週四播怪片，週五播有特效特技的爛片，週六播一部好片，播完就接著播三部爛片，週日播老片和一堆新片的預告片。而專播好片的頻道，則是每五分鐘廣告一次，奇準無比。我相信都市的奇景並不會比古代的長城不壯觀到哪去，我們都為五斗米不但折腰還折壽，什麼奇事都做得出來。前天我去超市應徵面試，結果他們就考我疊洗髮精，還要疊成一隻大象的形狀。

〈一分天才加九分長相〉

以貌取人是不對的，但我們天天專幹這種事，求職和看哪台電視新聞不講，就講搭公共運輸，你一上車看到兩個雙人座位上各有一個空位，這時候你就必須用一秒鐘來觀察判斷，和哪個陌生人坐比較好，哪個人看起來比較不會咳嗽、比較不胖、比較不會瘋言瘋語等等。這很重要。

而像商家店員，更會對每位進門的顧客打量一番，看人家會不會買、是不是小偷、是什麼行業的、結婚了沒，這些全都靠外貌看的那兩秒鐘來判斷，連神探福爾摩斯也不過如此。

有一次我去提芬尼看珠寶，就被店員打了一份成績單：頭髮是家庭式理髮店剪的、梳子齒縫不密、沒上髮膠、沒染色級、沒用眼部乳液、沒定期去洗牙、沒用香水、刮鬍刀生鏽、服裝全在家樂福買的，總分負七十分，屬於下十八級市民，發生水災不用去救的那種。歡迎再度光臨。

現在是人可貌相的時代，因為內涵根本沒用途，除非是在加護病房上班。我妹妹以前在百貨公司工讀，她站在大門口向顧客鞠躬時，會順便向大家講解「全球化經濟體與歐洲共同貨幣的影響」，結果就被開除了。後來她把賺來的學費，全都拿去做外科整形了。我認為容貌與內涵的範圍是很難界定的，像美女主播說話就格外有說服力。

〈日新又日新〉

自從有一年波羅麵包漲價成十元後，這世界就開始不再美好了：老歌星的新歌不好聽，新歌星唱的老歌不能聽。一枝原子筆用一年還用不完，一件新款的金飾，戴一個月後就被新款比下去了。我記得自己在八〇年代時還不會顯得可笑，因為當時大家都可笑，我們都去戲院排隊看美國陸戰隊打蘇聯，都一樣不懂電腦、都一樣有魚尾紋。

但是現在我覺得好像騎腳踏車騎到高速公路上去了：五十歲的人沒皺紋，五歲的小孩搞網站，美軍變共軍人質。我現在能了解為什麼祖母整天在寺廟燒香了。若以一日千里的速度來計算，我距離社會大眾大約落後了一、兩萬光年吧，這有助於我成為一個泛神論者，我敬畏玄奧的行動電話、微波爐、視聽器材等，我把使用說明書當作《聖經》來念，我相信科技產品可以保佑我平安幸福。我會考慮當個傳福音的家電用品的推銷員，我還寫了一首詩讚美家電：

「它使我躺臥在青草地上」請用有氧空氣清淨機喔。「它領我在可安歇的水邊」請用分離式濾水器。「它使我的靈魂甦醒」請用太空乳膠床墊和記憶型枕頭吧。「引導我走義路」全功能強力手電筒，讚！「你的杖，你的竿都安慰我」這要午夜以後才能介紹。「你為我擺設筵席」萬能食物調理機，你專屬的神燈巨人喔。「你用金牌潤膚乳膏了我的頭，使我的金牌保溫杯滿溢，我且要住在金牌歐式華廈的殿中，直到永遠。」我沒有汙辱宗教的意思。

——選自《麥克風試音：黃國峻的黑色Talk集》，聯合文學，二〇〇二

●————○ **筆記／石曉楓**

知性散文的另一種表達方式，是以幽默筆調述寫人事情理、表現識見性情。林語堂一九二四年在《晨報》副刊發表〈徵譯散文並提倡幽默〉、〈幽默雜話〉等，首倡幽默散文，他指出「幽默」（humour）是理智的產物，其真意在於「謔而不虐」；他更強調幽默是一種人生觀，旨在以超脫、閒適的態度觀照人生，使生活藝術化。可見對林語堂而言，「幽默」不僅關乎文風，更象徵了一種極高的生命境界。

林語堂以降，吳魯芹、趙寧、莊裕安、丹扉等作家，大約亦承此幽默路數行文。而黃國峻此系列作品則幽默之外更見辛辣，例如在〈一分天才加九分長相〉裡，作者自嘲穿著打扮「總分負七十分，屬於下十八級市民，發生水災不用去救的那種」，更略帶憤慨地指出當今社會「是人可貌相的時代，因為內涵根本沒用途」。在〈日新又日新〉中，他則以「諧擬」的創作手法，將《聖經》文字與推銷性語言並置，形成眾聲喧譁的嘉年華式效果。而所謂「現代名勝」實即指涉都會生活的種種「奇觀」，我們在荒謬的世界裡荒謬地存活著，然而「奇觀」仍在「日新又日新」地滋生。

《麥克風試音》書名副標題明確點出「黑色幽默」式的作品風格，文多成於二〇〇一年前後，因應副刊之邀而寫，作者或有針砭社會的意圖，但為避免太過嚴肅，乃選擇以美式脫口秀表演的方式，呈現出一幕幕社會切片。黃國峻的創作概念，其實是把社會特質扭曲化、卡通化，但幽默散文在諷刺社會亂象之餘，可能還得回歸林語堂所提倡的「謔而不虐」風格，重新做原則性的把握。

黃國峻（一九七一—二〇〇三），台北市人，家中排行老么。高中畢業，服役於桃園。曾獲第十一屆聯合文學小說新人獎短篇小說推薦獎。著有小說集《度外》、《盲目地注視》、《是或一點也不》；散文集《麥克風試音：黃國峻的黑色 Talk 集》。

想飛

徐志摩

假如這時候窗子外有雪——街上，城牆上，屋脊上，都是雪，胡同口一家屋簷下偎著一個戴黑兜帽的巡警，半攏著睡眼，看棉團似的雪花在半空中跳著玩……假如這夜是一個深極了的啊，不是壁上掛鐘的時針指示給我們看的深夜，這深就比是一個山洞的深，一個往下鑽螺旋形的山洞的深……

假如我能有這樣一個深夜，它那無底的陰森捻起我遍體的毫管；再能有窗子外不住往下篩的雪，篩淡了遠近間颺動的市謠，篩泯了在泥道上掙扎的車輪，篩滅了腦殼中不妥協的潛流……

我要那深，我要那靜，那在樹蔭濃密處躲著的夜鷹輕易不敢在天光還在照亮時出來睁眼。思想：牠也得等。

青天裡有一點子黑的。正衝著太陽耀眼，望不真，你把手遮著眼，對著那兩株樹縫裡瞧，黑的，有梹子來大，不，有桃子來大——嘿，又移著往西了！

我們吃了中飯出來到海邊去。（這是英國康槐爾極南的一角，三面是大西洋）。勗麗麗的叫響從我們的腳底下勻勻的往上顫，齊著腰，到了肩高，過了頭頂，高入了雲，高出了雲。啊！你能不能把一種急震的樂音想像成一陣光明的細雨，從藍天裡衝著這平鋪著青綠的地面不住的下？不，那雨點都是跳舞的小腳，安琪兒的。雲雀們也吃過了飯，離開了牠們卑微的地巢飛往高處做工去。上帝給牠們的工作，替上帝做的工作。瞧著，這兒一隻，那邊又起了兩隻！一起就衝著天頂飛，小翅膀動活得多快活，圓圓的，不躊躇的飛——牠們就認識青天。一起就開口唱，小嗓子動活得多快活，一顆顆小精圓珠子直往外唾，亮亮的唾，脆脆的唾——牠們讚美的是青天。瞧著，這飛得多高，有豆子大，有芝麻大，黑刺刺的一屑，直頂著無底的天頂細細的搖——這全看不見了，影子都沒了！但這光明的細雨還是不住的下著……

飛。「其翼若垂天之雲……背負蒼天，而莫之夭閼者」；那不容易見著。我們鎮上東關廂外有一座黃坭山，山頂上有一座七層的塔，塔尖頂著天。塔院裡常常打鐘，鐘聲響動時，那在太陽西曬的時候多，一枝豔豔的大紅花貼在西山的鬢邊迴照著塔山上的雲彩——鐘聲響動時，繞著塔頂尖，摩著塔頂天，穿著塔頂雲，有一隻兩隻有時三隻四隻有時五隻六隻蜷著爪往地面瞧的「餓老鷹」，撐開了牠們灰蒼蒼的大翅膀沒掛戀似的在盤旋，在半空中浮著，在晚風中泅著，彷彿是按著塔院鐘的波盪來練習圓舞似的。那是我做孩子時的「大鵬」。有時好天抬頭不見一瓣雲的時候聽著猇憂憂的叫響，我們就知道那是寶塔上的餓老鷹尋食吃來了，這一想像半天裡禿頂圓睛的英雄，我們背上的小翅膀骨上就彷彿豁出了一銼銼鐵刷似的羽毛，搖起來呼呼響的，只一擺就衝出了書房門，鑽入了玳瑁鑲邊的白雲裡玩兒去，誰耐煩站在先生書桌前晃著身子背早上上的多難背的書！啊飛！不是那在樹枝上矮矮的跳著的麻雀兒的飛；不是那湊天黑從堂戶後背衝出來趕蚊子喫的蝙蝠的飛；也不是那軟尾巴軟嗓子做窠在堂檐上的燕子的飛。要飛就得滿天飛，風攔不住雲擋不住的飛，一翅膀就跳過一座山頭，影子下來遮得陰二十畝稻田的飛，到天晚飛倦了就來繞著那塔頂尖順著風向打圓圈做夢……聽說餓老鷹會抓小雞！

飛。人們原來都是會飛的。天使們有翅膀，會飛；我們初來時也有翅膀，會飛。我們最初來就是飛了來的，有的做完了事還是飛了去，他們是可羨慕的。但大多數人是忘了飛的，有的翅膀上掉了毛不長再也飛不起來，有的翅膀叫膠水給膠住了再也拉不開，有的羽毛叫人給修短了像鴿子似的只會在地上跳，有的拿背上一對翅膀上當鋪去典錢使過了期再也贖不回……真的，我們一過了做孩子的日子就掉了飛的本領。但沒了翅膀或是翅膀壞了不能用是一件可怕的事。因為你再也飛不回去，你蹲在地上呆望著飛不上去的天，看旁人有福氣的一程一程的在青雲裡逍遙，那多可憐。而且翅膀又不比是你腳上的鞋，穿爛了可以再問媽要一雙去，翅膀可不成，折了一根毛就是一根，沒法給補的。還有，單顧著你翅膀也還不定規到時候能飛，你這身子要是不謹慎養太肥了，翅膀力量小再也拖不起，也是一樣難不是？一對小翅膀馱不起一個胖肚子，那情形多可笑！到時候你聽人家高聲的招呼說，朋友，回去罷，趁這天還有紫色的光，你聽他們的翅膀在半空中沙沙的搖響，朵朵的春雲跳過來擁著他們的肩背，望著最光明的來處翩翩的，冉冉的，輕煙似的化出了你的視域，像雲雀似的只留下一瀉光明的驟雨——「Thou art unseen, but yet I hear thy shrill delight.」*——那你，獨自在泥塗裡淹著，夠多難受，夠多懊惱，夠多寒傖！趁早留神你的翅膀，朋友。

是人沒有不想飛的。老是在這地面上爬著夠多厭煩，不說別的。飛出這圈子，飛出這圈子！到雲端裡去，到雲端裡去！哪個心裡不成天千百遍的這麼想？飛上天空去浮著，看地球這彈丸在太空裡滾著，從陸地看到海，從海再看回陸地。凌空去看一個明白——這才是做人的趣味，做人的權威，做人的交代。這皮囊要是太重挪不動，就擲了它，可能的話，飛出這圈子，飛出這圈子！

人類初發明用石器的時候，已經想長翅膀。想飛。原人洞壁上畫的四不像，它的背上掮著翅膀；拏著弓箭趕野獸的，他那肩背上也給安了翅膀。小愛神是有一對粉嫩的肉翅的。挨開拉斯（Icarus）是人類飛行史裡第一個英雄，第一次犧牲。安琪兒（**那是理想化的人**）第一個標記是幫助他們飛行的翅膀。那也有沿革——你看西洋畫上的表現。最初像是一對小精緻的令旗，蝴蝶似的黏在安琪兒們的背上，像真的，不靈動的。漸漸的翅膀長大了，地位安準了，毛羽豐滿了。畫圖上的天使們長上了真的可能的翅膀。人類初次實現了翅膀的觀念，徹悟了飛行的意義。挨開拉斯閃不死的靈魂，回來投生又投生。人類最大的使命，是製造翅膀；最大的成功是飛！理想的極度，想像的止境，從人到神！詩是翅膀上出世的；哲理是在空中盤旋的。飛：超脫一切，籠蓋一切，掃蕩一切，吞吐一切。

你上那邊山峰頂上試去，要是度不到那邊山峰上，你就得到這萬丈的深淵裡去找你的葬身地！「這人形的鳥會有一天試他第一次的飛行，給這世界驚駭，使所有的著作讚美，給他所從來的棲息處永久的光榮。」啊達文賽！

但是飛！自從挨開拉斯以來，人類的工作是製造翅膀，還是束縛翅膀？這翅膀，承上了文明的重量，還能飛嗎？都是飛了來的，還都能飛了回去嗎？鉗住了，烙住了，壓住了——這人形的鳥會有試他第一次飛行的一天嗎？……

＊編按：引自雪萊〈致雲雀〉（To a Skylark）第四段。大意是：雖然看不到你的形象，但我能聽見你歡樂地歌唱。

同時天上那一點子黑的已經迫近在我的頭頂，形成了一架鳥形的機器，忽的機沿一側，一球光直往下注，砉的一聲炸響，──炸碎了我在飛行中的幻想，青天裡平添了幾堆破碎的浮雲。

──選自《徐志摩散文選》，洪範書店，一九九七

●────○ 筆記／石曉楓

徐志摩的文字素以穠麗熱情見長，這篇〈想飛〉作於一九二六年，便展現了自由不羈的想像和一場華麗的心靈冒險。「要飛就得滿天飛，風攔不住雲擋不住的飛」，當可視為徐志摩畢生的追求與生命寫照。

徐志摩曾在〈海灘上種花〉一文，讚頌孩子是天性裡的野人，他們的思想、信仰都單純，靈魂很大，心很潔淨；而文明卻只是墮落，因此徐志摩讚頌「這單純的爛漫的天真是最永久最有力量的東西，陽光燒不焦他，狂風吹不倒他，海水沖不了他，黑暗掩不了他」。類似的思想和發抒

在〈想飛〉中亦可得見，文中提到做孩子時誰都會飛，可一旦「承上了文明的重量」，便如挨開拉斯（Icarus，又譯為「伊卡洛斯」）般被束縛了翅膀。同樣是對孩童純真情性的讚頌，相較於豐子愷，徐志摩則體現了更熱情的追求，只因徐志摩以為「這才是做人的趣味，做人的權威，做人的交代。」

除了對於天真的擁抱之外，徐志摩在劍橋時所受豐富情感的啟發與對自然的崇拜，也可由〈想飛〉中得見，例如寫雲雀鳴叫的活潑如光明細雨不住下著，寫老鷹尋食的勇猛與神氣，無論孩童或成年後對於自然景物的豐盈感悟與想像，都縈繞於字裡行間。

尤需注意者在於，除了對孩童、自由的想望外，文章裡另外也表露了對於俗世的憤慨與厭棄，徐志摩用一連串翅膀失卻的比喻，渲染此種情懷，更增強了「想飛」的悲壯性。李歐梵曾以「飛天的伊卡洛斯」形容徐志摩，而融化掉羽翼的伊卡洛斯，承接了文章起始「一個往下鑽螺旋形的山洞的深」，及本文最後「青天裡平添了幾堆破碎的浮雲」，更讓我們看到自由之外的悲感與壯烈。

徐志摩（一八九七—一九三一），浙江海寧人，中國著名新月派現代詩人、散文家。一九二一年赴英國留學，入倫敦劍橋大學當特別生，研究政治經濟學。一九二二年返國後，在報刊上發表大量詩文。後曾參與發起成立新月社、加入文學研究會，並與胡適、陳西瀅等創辦《現代評論》週刊，任北大教授。代表作有詩歌集《志摩的詩》、《翡冷翠的一夜》、《猛虎集》、《雲游》；散文集《落葉》、《巴黎的鱗爪》、《自剖》、《秋》；小說集《輪盤》；戲劇《卞昆岡》；日記《愛眉小札》《志摩日記》等。

獨語

何其芳

設想獨步在荒涼的夜街上，一種枯寂的聲響固執地追隨著你，如昏黃的燈光下的黑色影子，你不知該對它珍愛抑是不能忍耐了；那是你腳步的獨語。

人在孤寂時，常發出奇異的語言，或是動作。動作也就是語言的一種。

決絕地離開了綠蒂的「維特」，獨步在陽光與垂柳的堤岸上，如在夢裡，誘惑的彩色又激動了他作畫家的欲望，遂決心試卜他自己的命運了：從衣袋裡摸出一把小刀子，從垂柳裡擲入河水中，若是能看見它的落下他就將成功一個畫家，否則不。——那寂寞的一揮手使你感動嗎？你了解嗎？

我又想起了一個西晉人物，他愛驅車獨遊，到車轍不通之處就痛哭而返。

絕頂登高，誰不悲慨地一長嘯呢？是想以他的聲音填滿宇宙的寥闊嗎？等到追問時怕又只有沉默的低首了。我曾經走進一個古代的建築物，畫檐巨柱都爭著向我有所訴說，低小的石欄也發出聲息，像一些堅忍的深思的手指在上面呻吟，而我自己倒成了一個化石了。

或是昏黃的燈光下，放在你面前的是一冊傑出的書，你將聽見裡面各個人物的獨語。溫柔的獨語，悲哀的獨語，或者狂暴的獨語。黑色的門緊閉著。一個永遠期待的靈魂死在門內，一個永遠找尋的靈魂死在門外。每一個靈魂是一個世界，沒有窗戶，而可愛的靈魂都是倔強的獨語者。

我的思想倒不是在荒野上奔馳。有一所落寞的古頹的屋子，畫壁漫漶，階石上鋪著白蘚，像期待著最後的腳步，當我獨自時我就神往了。

真有這樣一個所在，或者在夢裡嗎？或者不過是兩章宿昔嗜愛的詩篇的揉合，沒有關聯的奇異的揉合。幔子半掩，地板已掃，死者的床榻上長春藤影在爬；死者的魂靈回到他熟悉的屋子裡，朋友夥在餐聚、嬉笑，都說著「明天明天」，無人記起「昨天」。

這是頹廢嗎？我能很美麗地想著「死」，反不能美麗地想著「生」嗎？

冥冥之手牽張著一個網，「人」如一粒蜘蛛蹲伏在中央。憎固愈令彼此疏離，愛亦徒增錯誤的掛繫。誰曾在自己的網裡顧盼、跳躍，感到因冥冥之絲不足一割遂甘願受縛的悵憮嗎？而，何以我又太息：「去者日以疏，生者日以親」？是慨嘆著我被人忘記了，抑是我忘記了人呢？

「這裡是你的帽子」，或者「這裡還是你的紗巾，我們出去走走吧」；我還能說這些慣口的句子。而我那有溫和的沉默的朋友，我更記起他：他屋裡有一個古怪的抽屜，精緻的小信封函著丁香花，或是不知名的扇形的葉子。像為著分我的寂寞而展示他溫柔的記憶。牆上是一張小畫片，翻過背面來，寫著「月的漁女」。

唉。我嘗自忖度，那使人類溫暖的，我不是過分地缺乏了它就是充溢了它。兩者都足以致病的。

印度王子出遊，看見生老病死，遂發自度度人的宏願。我也倒想有一樹菩提之蔭，坐在下面思索一會兒。雖然我要思索的是另外一個題目。

於是，我的目光在窗上徘徊了。天色像一張陰晦的臉壓在窗前，發出令人窒息的呼吸。這就是我抑鬱的緣故嗎？而又在窗格的左角，我發現一個我的獨語的竊聽者了，像一個鳴蟬蛻棄的軀殼，向上蹲伏著，噤默著。噤默地，和著牠一對長長的觸鬚、三對屈曲的瘦腿。我記起了牠是我用自己的手描畫成的一個昆蟲的影子；當牠遲徐地爬到我窗紙上，發出孤獨的銀樣的鳴聲，在一個過逝的有陽光的秋天裡。

——選自《畫夢錄》，大雁書店，一九八九

詩人出身的何其芳，文字感與徐志摩類近，同樣表現出華豔鋪張的風格，只是本文心境卻與〈想飛〉的熱情截然相異，華辭麗句勾勒出的，是人類普世性的孤獨感。

文章由「設想」起筆，引導讀者進入「感同身受」的情境，緊接著以少年維特、西晉阮籍、唐代陳子昂、印度王子等中外文學中的例子，引出並強化人類天性中的孤獨與隔絕。作者虛設一「熟悉的屋子」，既象徵生命處境，也指出孤獨者棲身之所在，面對昏昧嘻笑的眾生，自我形象只能是「死者的床榻上長春藤影在爬」，意象冷冽淒厲。這種意象的營造，到末段達於高峰，孤獨的靈魂目光所及，窗外是陰晦的天色，屋內是喧譁的人聲，無人理解的寂寞者終於發現一名獨語的竊聽者了，這是希望的欣喜，也是全文高潮的營造。然而讀者迅即發現，那竊聽者從「鳴蟬」的指認，到只是無生命體的「蛻棄軀殼」，乃至於最後揭示甚至連軀殼也不是，原來是「我用自己的手描畫成的一個昆蟲的影子」，何其芳以此意象凝聚前述所有線索，那昆蟲的影子原來是孤寂自我的內在象徵。

為了強化這種孤寂感，末段連續用遲徐爬行、銀樣鳴聲、過逝的有陽光的秋天等形容，反覆渲染出淒愴、蒼涼的季節感與色調，由此反扣題意「獨語」。全文種種頹廢情懷、幻覺設想與孤獨描繪，都充滿了強烈的自我色彩，「獨語」實即孤寂靈魂的自白與思索。

何其芳（一九一二—一九七七），原名何永芳，四川萬縣人。一九二九年開始發表作品。一九三一年就讀北京大學哲學系。一九三八年到延安，任延安魯迅藝術文學院文藝系主任。後任中國科學院文學研究所所長。早期作品文字精緻瑰麗，帶唯美、傷感色調，參加革命以後，作品趨於樸素激昂，注入明朗剛健氣息。主要作品有詩集《預言》、《夜歌》；散文集《畫夢錄》、《還鄉雜記》；文論《西苑集》、《論〈紅樓夢〉》等。

作父親

豐子愷

樓窗下的弄裡遠遠地傳來一片聲音：「咿喲，咿喲……」漸近漸響起來。

一個孩子從算草簿中抬起頭來，睜大眼睛傾聽一會，「小雞！小雞！」叫了起來。四個孩子同時放棄手中的筆。飛奔下樓，好像路上的一群麻雀聽見了行人的腳步聲而飛去一般。

我剛才扶起他們所帶倒的凳子，拾起桌子上滾下去的鉛筆，聽見大門口一片吶喊：「買小雞！買小雞！」其中又混著哭聲。連忙下樓一看，原來元草因為落伍而狂奔，在庭中跌了一跤，跌痛了膝蓋不能再跑，恐怕小雞被哥哥姊姊們買完了輪不著他，所以激烈地哭著。我扶了他走出大門口，看見一群孩子正向一個挑著一擔「咿喲，咿喲」的人招呼，歡迎他走近來。元草立刻離開我，上前去加入團體，且跳且喊：「買小雞！買小雞！」淚珠跟了他的一跳一跳而從臉上滴到地上。

孩子們見我出來，大家回轉身來包圍了我。「買小雞！買小雞！」的喊聲由命令的語氣變成了請願的語氣，喊得比前更響了。他們彷彿想把這些音蓄入我的身體中，希望牠們由我的口上開出來。獨有元草直接拉住了擔子的繩而狂喊。

我全無養小雞的興趣；且想起了以後的種種麻煩覺得可怕。但鄉居寂寥，絕對屏除外來的誘惑而強迫一群孩子在看慣的幾間屋子裡隱居這一個星期日，似也有些殘忍。且讓這個「咿喲、咿喲」來打破門庭的岑寂，當作長閒的春晝的一種點綴罷。我就招呼挑擔的，叫他把小雞給我們看看。

他停下擔子，揭開前面的一籠。「咿喲，咿喲」的聲音忽然放大。但見一個細網的下面，蠕動著無數可愛的小雞，好像許多活的雪球。五六個孩子蹲集在籠子的四周，一齊傾情地叫著「好來！好來！」一瞬間我的心也屏絕了思慮而沒入在這些小動物的姿態的美中，體會了孩子們對於小雞的熱愛的心情。許多小手伸入籠中，競指一隻純白的小雞，有的幾乎要隔網捉住牠。挑擔的忙把蓋子無情地冒上，許多「咿喲，咿喲」的雪球和一群「好來，好來」的孩子，便隔著咫尺天涯了。孩子們悵望籠子的蓋，依附在我的身邊，有的伸手摸我的袋。我就向挑擔的人說話：

「小雞賣幾錢一隻？」

「一塊洋錢四隻。」

「這樣小的，要賣二角半錢一隻？可以便宜些麼？」
「便宜勿得，二角半錢最少了。」
他說過，挑起擔子就走。大的孩子脈脈含情地目送他，小的孩子拉住了我的衣襟而連叫「要買！要買！」挑擔的越走得快，他們喊得越響。我搖手止住孩子們的喊聲，再向挑擔的問：
「一角半錢一隻賣不賣？給你六角錢買四隻罷！」
「沒有還價！」
他並不停步，但略微旋轉頭來說了這一句話，就趕緊向前面跑。「咿喲，咿喲」的聲音漸漸地遠起來了。
元草的喊聲就變成哭聲。大的孩子鎖著眉頭不絕地探望挑擔者的背影，又注視我的臉色。我用手掩住了元草的口，再向挑擔人遠遠地招呼：
「二角大洋一隻，賣了罷！」
「沒有還價！」
他說過便昂然地向前進行，悠長地叫出一聲「賣——小——雞——」其背影便在衖口的轉角上消失了。我這裡只留著一個嚎啕大哭的孩子。
對門的大嫂子曾經從矮門上探頭出來看過小雞，這時候便挐著針線走出來倚在門上，笑著勸慰哭的孩子說：

「不要哭！等一會兒還有擔子挑來，我來叫你呢！」她又笑著向我說：

「這個賣小雞的想做好生意。他看見小孩子們哭著要買，越是不肯讓價了。昨天坍牆圍裡買的一角洋錢一隻，比剛才的還大一半呢！」

我對她答話了幾句，便拉了哭著的孩子回進門來。別的孩子也懶洋洋地跟了進來。我原想為長閒的春晝找些點綴而走出門口的；不料討個沒趣，扶了一個哭著的孩子而回進來。庭中的柳樹正在駘蕩的春光中搖曳柔條，堂前的燕子正在安穩的新巢上低徊軟語。我們這個刁巧的挑擔者和痛哭的孩子，在這一片和平美麗的春景中很不調和啊！

關上大門，我一面為元草揩拭眼淚，一面對孩子們說：

「你們大家說『好來，好來』『要買，要買』，那人便不肯讓價了！」

小的孩子聽不懂我的話，繼續唏噓著；大的孩子聽了我的話若有所思。我繼續撫慰他們：

「我們等一會再來買罷。隔壁大媽會喊我們的。但你們下次……」

我不說下去了。因為下面的話是「看見好的嘴上不可說好，想要的嘴上不可說要。」倘再進一步，就要變成「看見好的嘴上應該說不好，想要的嘴上應該說不要」了。在這一片天真爛漫光明正大的春景中，向哪裡容藏這樣教導孩子的一個父親呢？

——選自《豐子愷文選I》，洪範書店，一九八二

●————○ 筆記／石曉楓

豐子愷是畫家、藝術理論者，也是傑出的作家。一九二二年，他曾任教於浙江白馬湖春暉中學，與夏丏尊、朱自清、俞平伯等人時相往來、文字唱和，由於這批作家的文字風格皆一清如白馬湖水，因此在文學史上，有所謂「白馬湖作家群」之稱。

豐子愷在孩子身上，見到成人已然失卻的「真誠」之心，一九二〇年代末期，他曾以自家兒童為模特兒，繪就了許多「兒童相」漫畫，也寫了〈兒女〉、〈給我的孩子們〉、〈作父親〉等膾炙人口的作品，用有情筆觸描寫他和孩子們生活在一起的溫馨。這些文字對於兒童情態的描寫十分生動，且時有漫畫筆法呈現，例如本文開首寫四個孩子聽到「咿喲」聲響而飛奔下樓的景況，便十分有畫面感。其後，他藉著細緻的描繪與觀察，凸顯了「小小孩」與小孩、小孩與大人間強烈的對比。此處大、小孩子的對照，儼然顯示了世智對他們程度不一的汙染。而與「作父親」標題互為呼應的主旨，則於文末輕輕逗點而出：「在這一片天真爛漫光明正大的春景中，向哪裡容藏這樣教導孩子的一個父親呢？」文章至此，實已在敘事與作者自我的反覆思辨中，展現了成人世界的虛偽，

與純真兒童生活的對比。

豐子愷散文多以其人格風範為肌理，「文如其人」，展現了真善美的人格風範，「真」體現在他對童心的歌頌與禮讚；「善」體現在他對宗教的追求與嚮往；「美」則體現在他對藝術的感悟與發揚，三者又統歸於自然平淡的文采中。在民初的文化承轉期裡，豐子愷遠契陶淵明清新真摯的文風，近承明清文人以詩、書、畫融合於生活中的藝術風範及社會關懷，從而展露出一種平淡、樸素而秀美的散文格調。

豐子愷（一八九八—一九七五），浙江崇德人。留學日本，返國後歷任復旦大學、浙江大學等校教授；又創辦立達學園，曾任開明書店編輯。著有散文集《緣緣堂隨筆》、《車廂社會》等；繪畫《護生畫集》、《子愷畫集》等；論述《藝術叢話》、《藝術修養基礎》等。並譯有日本小說及西洋畫論多種，為近代中國文藝界巨擘，一代文學與美術宗師，對於文化社會的影響至為深遠。

遙遠

林文月

我坐在這張室外用的塑膠椅上眺山望海，恐怕已經有好一會兒工夫了。因為原先那一片一片在陽光下耀眼的波浪，現在看起來已柔和得多，而從左右兩側延伸過來的層層山巒，方才分明是清清楚楚，此刻竟有些煙霧朦朧起來。

這張椅子的高度有些不對勁，或者是那新漆過的白色鐵欄杆有些不對勁，埋坐椅中，那條橫的白一色，正好擋在天水相連的部位，把天與水硬是隔絕了。我幾次試著把椅子的位置挪前移後，也只是造成分隔線的高低差別而已。如果直挺起腰身坐著，倒是可以看到比較完整的山水景象，可是這樣子太累人，所以最後選擇了把椅子拖到欄杆邊的辦法，而且索性將兩臂搭靠在這條白欄杆上，有時甚至還把頭枕在雙臂上；側眺山水，倒也別有情趣。

我所以敢這樣恣意採取自己喜歡的姿態看山看海，是因為今天下午整個「雅禮賓館」突然變得空寂無人的緣故。那些經常在早餐桌上見面的過客們——有東方人，也有西方人，白皮膚者有之，黃皮膚者有之，更有棕色皮膚的來自各地不同的人——不知為何，今天下午忽然全不見了。猜想：也許有的人正在演講；有的人正在訪問；或許也有人到一小時車程之外的城區去購物觀光也說不定。天氣這樣好，實在沒有道理守在這個房子裡。但是，我自己竟然在安排得十分緊湊的節目當中，意外地撿到這一整個下午的空白。

午餐後，曾小睡片刻。真是有些不可思議，在台北經常失眠的我，居然會跑到香港來午睡。大概是連日來天天會見各種各樣的陌生人，無形中增加的心理緊張，今天突獲鬆弛的關係吧。

午睡後，覺得精神爽朗無比，便在賓館內四處走動了一下，卻沒遇見一個人；連住在底層的陳嫂那肥胖的身影都看不到，遂上得二樓的這個陽台來。

起初，我是站著憑欄眺望的。

有人告訴我：在那左右延伸而來的山巒之後，是灣外的海水；海水之外，更有遠山模糊；而在模糊的遠山之外，便是祖國的泥土。我從陽台下的斜坡順序一路追尋過去，心想：拍打著這山腳下海灘的每一片海浪，應該也往返過大陸那邊的海灘才對。可惜肉眼的視力終究有限，即使像今天這麼晴朗美好的下午，都無法看到什麼，所能捕捉到的，只是近水遠山，以及一些更遠處的想像罷了。

周遭安安靜靜。

這與我過去匆匆路過所見的香港，迥異其趣。前此，印象中的「東方之珠」，是熱鬧、擁擠、喧擾無秩序，甚至是虛有其表的繁華都市。真沒有想到，如今竟會有這一大片安詳的空氣圍繞在身邊。我捨不得辜負這個新發現，所以挑了這張椅子坐下來。

面對著汪洋一片，水外有山，山外有水，應該引起故國之思，至少也該有些什麼感慨才對。然而，此刻當我專注於眼前的山山水水時，卻無著意培養正氣或玄思的念頭，只覺得無比鬆懈；於鬆懈之中，又似乎有些茫茫然之感。

這個時候的心境，連自己也莫以名之。好像在想一些什麼，卻又說不出是在想什麼，但心中分明不是空洞的；我知道有些情緒自心底深處冉冉升起，但又瞬即飄忽逸去；似乎在懷念著什麼，然而更像是在忘懷著什麼。這種心境該如何稱說呢？一時找不著適當的字眼來形容。也許可以說是遙遠，就稱作「遙遠」吧。

——選自《遙遠》，洪範書店，一九八一

●————○ **筆記／石曉楓**

承接「白馬湖作家群」一清如水的淡雅文風，台灣當代散文家除了家喻戶曉的琦君之外，學者出身的林文月，也是風格表現秀異的佼佼者。

〈遙遠〉文寫的是旅途小事、是瞬間感受，這種當下性從起筆「我坐在這張室外用的塑膠椅上眺山望海，恐怕已經有好一會兒工夫了」便已定調，「恐怕」的不確定性，提示了恍惚與悠然並置的兩種情緒與文章基礎情調。二段開始，作者首先由天光日影的悄然挪移，示現眼前時間靜謐流動的場景；三段再寫眺望位置與座椅的挪移與調整，一方面加強營造緩慢細緻的氣氛，另一方面也指出了作者心境之悠閒。緊接著，在其後的事件鋪陳裡，讀者可以發現這樣的悠閒其實是鬧中取靜、忙裡偷閒。而在交代完為何會有一個下午的空白之後，作者再度回到當下情境，繼續寫自己先前在眺望旅館外山光水色之際，身體動作、各種站坐姿態細微的調整。

忙碌的行程裡，時間與心境空白固然難得，卻也不禁讓作者自忖，面對眼前的汪洋一片，似乎該引發些故國之思的感慨？這是作者拘謹自律性格的體現，然而當下身體卻以最誠實的方式，反映了心境的鬆懈與茫然。於是「遙遠」的題旨在多時醞釀後，於篇末乃豁然呈顯。因為對於執著的放棄，乃能形成文氣與心境的空靈境界，謂之「遙遠」，有一種惚兮恍兮、人生如夢的感悟，此種生命觀照，提示了充實的虛空、忘我的情懷有時亦是人生之必然。

林文月曾翻譯紫式部的《源氏物語》，有學者指出細節鋪陳的表現手法，以及生命流轉的思考體會，或源於此部小說的影響與浸染。

林文月，台灣彰化人，一九三三年誕生於上海日本租界。啟蒙教育為日語文，一九四五年返歸故鄉台灣，開始接受中國語文教育，故自然通曉中、日兩國語文。臺灣大學中文研究所畢業。同年，留母校執教。歷講師、副教授、教授，而於一九九三年退休。翌年，獲贈臺灣大學中文系名譽教授。曾任美國西雅圖華盛頓大學、史丹福大學、加州柏克萊大學，及捷克查理大學客座教授。寫作方向分為三方面：論文類有《謝靈運及其詩》、《中古文學論叢》等；翻譯類有《源氏物語》、《枕草子》等；散文類有《遙遠》、《蒙娜麗莎微笑的嘴角》、《青山青史——連雅堂傳》、《京都一年》、《人物速寫》等多種。曾獲中興文藝獎章、時報文學獎散文類推薦獎、國家文藝獎、行政院文化獎。

國家圖書館出版品預行編目資料

創作的星圖：國民散文手藝課/石曉楓編著. -- 初版. -- 臺北市：麥田出版：英屬蓋曼群島商家庭傳媒股份有限公司城邦分公司發行, 2022.10
面； 公分. --（中文好行；14）

ISBN 978-626-310-318-4（平裝）

812.4 111014456

中文好行 14

創作的星圖：國民散文手藝課

編　　著　石曉楓
書系主編　凌性傑
責任編輯　張桓瑋

版　　權　吳玲緯
行　　銷　何維民　闕志勳　吳宇軒　陳欣岑
業　　務　李再星　陳紫晴　陳美燕　葉晉源
副總編輯　林秀梅
編輯總監　劉麗真
總 經 理　陳逸瑛
發 行 人　涂玉雲

出　　版　麥田出版
104台北市民生東路二段141號5樓
電話：(886)2-2500-7696　傳真：(886)2-2500-1967
發　　行　英屬蓋曼群島商家庭傳媒股份有限公司城邦分公司
104台北市民生東路二段141號11樓
書虫客服服務專線：(886)2-2500-7718、2500-7719
24小時傳真服務：(886)2-2500-1990、2500-1991
服務時間：週一至週五09:30-12:00・13:30-17:00
郵撥帳號：19863813　戶名：書虫股份有限公司
讀者服務信箱E-mail：service@readingclub.com.tw
麥田部落格：http://ryefield.pixnet.net/blog
麥田出版Facebook：https://www.facebook.com/RyeField.Cite/

香港發行所　城邦（香港）出版集團有限公司
香港灣仔駱克道193號東超商業中心1樓
電話：(852) 2508-6231　傳真：(852) 2578-9337

馬新發行所　城邦（馬新）出版集團【Cite(M) Sdn. Bhd.】
41, Jalan Radin Anum, Bandar Baru Sri Petaling,
57000 Kuala Lumpur, Malaysia.
電話：(603)9056-3833
傳真：(603)9057-6622
E-mail：services@cite.com.my

封面設計　好春設計
插　　畫　薛慧瑩
排　　版　宸遠彩藝有限公司
印　　刷　沐春行銷創意股份有限公司

初版一刷　2022年10月
定價／380元
ISBN：978-626-310-318-4

城邦讀書花園
www.cite.com.tw